때로는 달처럼
때로는 별처럼

때로는 달처럼
때로는 별처럼

김정한 에세이

MIRAE
BOOK

contents

Prologue · 8

Part 1

인생, 서술형이다 쉬어가라 · 10

How to be happy!
모든 것을 하나부터 둘, 셋 천천히 채워가야 행복합니다.

호기심이 유난히 많았던 나는
8살 즈음 추운 겨울날 집 마당에 죽은 듯 서있는 주목나무를
목이 꺾어지도록 바라본 적이 있습니다.
며칠을 고민하다가 수피를 살짝 벗겨보고 나서야
살아있음을 확인했으니까요.
삶의 정답은 살면서 스스로가 찾아야 합니다.
하얗게 사과나무 꽃이 피고 사과가 주렁주렁 열릴 때까지
물과 햇빛 그리고 영양분과 사랑이 함께 해야 합니다.
인생에서 소중한 것은 사람, 일, 사랑입니다.
모든 것이 하나부터 둘 그리고 셋, 순서대로 이어질 때
꿈의 씨앗이 싹트고 나무가 되어 건강하게 자라 원하는 열매를 맺습니다.
인생, 잠깐입니다.
돌아보면 봄 햇살처럼 눈부시다가도 꽁꽁 얼어붙은 겨울 숲을 만나듯.

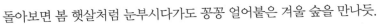

원하고 싶은 것이 있다면 당장 시작하세요.

실패를 하더라도 후회 없이 최선을 다하면 과정은 행복할 테니까요.

지금부터 20년 후에 하지 않아 후회하는 것보다 백배 천배 잘한 일입니다.

얼마나 행복한지 깨닫기 위해서는, 얼마나 많은 것을 가졌느냐를 따지지 말고 가진 것으로 어떻게 만족하며 살까를 생각하세요.

적게 가졌어도 즐겁게 사는 사람이 있고 많이 가졌어도 즐겁지 않게 사는 사람도 있습니다.

타인이 가진 것보다 내가 가진 것이 훨씬 귀하다는 것을 인정하며 살아야 행복은 소리 없이 나의 심장을 노크합니다.

일상의 '모든' 순간을 만족할 수는 없고

만나는 '모든' 사람에게 기쁨을 주지는 못하지만

가장 중요한 단 한 사람 '나'에게 '가끔' 기쁨을 주고

'언제나' 살아가는 이유가 된다면 그것으로 충분합니다.

모두에게 완벽한 사람, 모두에게 좋은 모습을 보여주려고 애쓰지 말고 스스로에게 귀한 존재가 되는 것이 괜찮은 삶입니다.

2013년 김정한

Part 1

인생,
서술형이다
쉬어가라

가끔 사는 게 두려울 때는 뒤로 걸어 봅니다

가끔
사는 게 두려울 때는
뒤로 걸어 봅니다

등 뒤로 보이는 세상을 보며
살면서 가장 행복했던 순간을 생각하며
용기를 얻습니다

가끔
당신이 미워질 때는
당신과 가장 행복했던 순간을 떠올리며
뒤로 걸어 봅니다

한 걸음 두 걸음
조심조심 뒤로 걷다보면
당신을 사랑하면서 아팠던 순간도

당신을 사랑하면서 기뻤던 순간도
한 편의 드라마처럼 흘러갑니다

기쁨의 눈물이
슬픔의 눈물이
하나가 되어 주르르 흘러내립니다

가끔
사는 게 두려울 때는
뒤로 걸어 봅니다
등 뒤로 보이는 세상을 보며
살면서 가장 행복했던 순간을 생각하며
용기를 얻습니다

삶에는 정답이 없다.
굳이 있다고 하면
단답형이 아니라
서술형이다.

인생, 서술형이다 쉬어가라

이따금 열쇠를 찾아내어 완전히 나 자신 속으로 내려가면,

거기 어두운 거울 속에서 운명의 영상들이 잠들어 있는 곳으로 내려가면,

거기서 나는 그 검은 거울 위로 몸을 숙이기만 하면 되었다.

그러면 나 자신의 모습이 보였다.

헤르만 헤세 〈데미안〉中

〈데미안〉에 나오는 것처럼 살다보면 자신을 돌아보는 순간이 있다. 살면서 아프거나 좌절하는 순간이 내면의 나를 만나는 때이다.

얼마 전 나도 탈고를 끝내고 감기로 지독하게 아팠다. 림보(limbo)의 문턱까지 다녀온 느낌이 들만큼.

목이 심하게 붓고 전신이 쑤시고 오한이 들었지만 종합감기약을 먹고 땀을 빼고 나니 살 것 같다.

여전히 통증으로 자유롭지 못한 아침이지만 살아있다는 것이 고마울 따름이다. 장도 벗기지 않은 살아갈 시간들이 따뜻한 햇살로 나를 반겨준다. 몸이 쪼개질 것 같은 큰 고통이 멈췄다. 몸이 어제보다 더 가벼워졌다. 생각해보면 감기가 걸려 다행이란 생각도 든다. 귀찮게 하는 사람도 없고 퇴고 중인 원고도 잠시 미룰 수가 있으니까. 종일 일 안 해도 될 명분이 있으니까.

삶이 뜻대로 돌아가지 않을 때는 바라는 모습과 현재의 모습을 냉철하게 평가해 '문제가 뭐지?'를 제시하며 방향을 바꾸자. 그냥 푸른 초원에 방목한 양 떼처럼 내버려 두자. 마음이 시키는 대로 강물에 붉은 꽃잎 떠다니듯 이곳저곳 둥둥 부유하며 살자. 보이는 풍경에 마음이 멈추면 지치도록 바라보자. 아름다우면 아름다운 대로 애처로우면 애처로운 대로 가슴으로 느끼자. 풍경을 바라본다는 것은 그 풍경 속에서 자신의 위치를 찾고 깨닫는 것이다. 힘들다면 새로운 기적 같은 일이 생길수도 있으니까. 한여름 낮의 소나기처럼 걱정이 쏟아지다가도 전신을 감싸는 포근한 햇살을 만날 수도 있다. 삶의 질을 결정하는 것은 오로지 현명한 생각과 냉철한 행동이다. 마음이 혼란스러울 때는 전통시장에 가서 옛 추억을 떠올려 보는 것도 좋다. 석쇠에 금방 구운 쫄깃한 가래떡을 한입 베어 물다보면 어릴 적 추억이 떠올라 편안해질 수가 있다. 나 역시 오랜 시간을 홀로 객지 생활을 했기 때문에 외롭게 20대를 보냈고 직장 생활을 하며 원만치 못한 인간관계 때문에 직장 생활이 참 버거웠다. 돌고 돌아 결국 나에게 맞는 삶을 찾았지만 참 많이 방황했다. 이제야 깨닫게 된다. 말로 표현하기보다 글로 생각을 전달하는 작가의 삶이 천직이라는 것을.

삶에는 정답이 없다. 굳이 있다고 하면 단답형이 아니라 서술형이다.

삶은 빨리 갈수록 실수가 많아지고 꾸준히 쉬어가며 근육을 만들어야 한다. 키보드를 두드리는 것도 자전거 타는 것도 하다못해 운동화 끈 묶는 것도 연습을 해야 잘 할 수 있듯 삶도 훈련으로 익숙해진 경험이 필요하다.

고민거리가 생길 때 허브차를 끓여서 마시거나 사랑하는 사람의 목소리를 들으면 기분이 좋아지는 것도 경험에 의해 깨달은 지혜다. 물론 즐거움도 나를 찾아온 고통도 홀로 견뎌야 한다. 고통을 극복한다는 건 쾌락의 유혹으로부터도 자유로울 수 있다.

혼자 있을 땐 '고독'을 즐기고 누군가와 함께 할 때는 '함께' 즐기는 법을 배우자. 견딤 후에 찾아오는 햇살 같은 축복이 있는 한 잔혹한 고통도 지나고 나면 아름답다.

현재에 몰입하는 것이 곧 만족이고 행복이라는 것을 기억하자.

편안함은 따뜻해지고 따뜻함은 곧 행복이다. 조금 더 따뜻한, 조금 더 편안한 그래서 모든 것으로부터 자유로운 날을 만들자.

이별한 사람에게
살아가는 이유를 배운다

트위터 라인이 종일 아픔과 애도의 물결로 가득하다. 어제까지 웃던 그가 '운명이다' 한 마디를 남기고 떠났다.

그를 망자로 인정하려니 혼란스럽다. 세상이 암운이다.

명복을 비는 글부터 시대를 함께 살아 행복했다는 글, 내 마음속의 대통령이라는 글까지 끝도 셀 수도 없이 이어지는 댓글에 먹먹해지고 공감의 눈물이 흐른다.

나도 같은 생각을 하고 있는 걸까. 딱 한 줄을 남겼다.

'어떻게 살아야 의미 있는 삶인지 행동으로 보여준 당신이 참 고맙다'고.

그리고 컴퓨터를 꺼버렸다.

눈물이 흐른다. 이런 것이 연민의 정일까, 고통스런 아픔일까.

울면서도 모르겠다. 보내고 나서야 후회하고 통곡하는 사람들. 참 못났다.

그중의 한 사람, 지켜주지 못해 아프다.

당분간 아픔 속에서 아픔을 사랑하며 살 것 같다. 아마도 오래도록.

누구를 떠나보낸다는 것, 내가 남는다는 것, 잊는다는 것, 잊혀진다는 것,

어느 하나 아프지 않은 것이 없다.

누가 당긴 화살에 심장을 맞은 느낌이다. 주삿바늘이 들어간 느낌이다.

살다 보면 뜻하지 않게 화살을 맞을 때가 있다. 누구나 그렇다.

어떤 사람은 화살을 더 깊게 쑤셔 박아 죽도록 아파한다. 나 같은 사람은 화살을 빼내 상처부위를 덧나지 않게 치유한다. 무작정 용서하는 사람도 있고 치열하게 복수의 칼날을 가는 사람도 있다. 중요한 것은 마음이 움직이지 않는 립서비스의 용서는 가치가 없다.

삶의 목표에 집중해서 성취와 함께 부러워할 정도로 잘사는 것이야말로 최고의 복수가 된다.

나도 심장을 관통하는 화살을 준비 없이 맞은 적이 있다. 미련 없이 직장을 옮겼다. 같은 오류를 반복하지 않기 위해 이제는 미리 준비를 한다. 화살을 맞을 준비를 하고 또 이유 없이 내게로 오는 화살은 피할 준비를 한다. 그리고 맞은 곳에 다시 맞는 치명적인 결과를 안지 않기 위해 신중하게 처신한다.

세상은 공평하지 않지만 정의는 살아있다.

사필귀정이란 말이 있다. 잘못을 저지른 사람은 반드시 대가를 치르게 되어 있다. 누구나 자기 몫의 아픔을 안고 살아간다. 오죽하면 인생이 고해라고 하지 않던가.

그것을 받아들인 순간 고통을 내 것으로 인정하고 받아들이는 어른이 된다. 마흔은 대단한 적응력의 시기이다. 보기 싫은 것도 밀어내지 않고 허허거리며 웃고, 웃기지 않은 것도 남이 웃으면 함께 웃을 수 있는 나이.

그 어떤 사물도 가볍게 흘려보내지 않는다. 마음으로 끌어안는다. 때로는 지켜보며 때로는 흡입한다. 처음엔 어색하지만 곧 익숙해진다. 깨달음을 얻는 건 축복이다.

인생이 고해라는 명제를 안 것은 이미 오래전의 일이나, 그것을 깨달은 것은 마흔 즈음이었다. 이제는 아픔조차 사랑으로 받아들이고 다른 곳으로 흐를 때까지 조용히 지켜보는 여유도 생겼다. 아픔을 두려워하거나 밀어내지 않고 바라보며 흘려보낼 수 있는 넉넉함도 있다. 나쁜 일이 생겨도 기쁜 일이 생겨도 본능적으로 얼굴빛이 달라지지 않는다. 가볍지도 조급하지도 않는 묵직함이 느껴진다. 붉게 찻잔을 물들이는 립톤 홍차처럼.

마음으로 느끼는 감동은 동화가 되어 정화가 되니 편안하다. 깊이 흡입하고 또 흡입한다.

여운이 짙은 떠난 사람의 향기가 차 향기 속에 오래도록 머문다. 사람의 향기와 따뜻한 차의 향기가 하나가 되어 철학 속으로 이끈다.

좋은 사람과의 이별 때문에 아프지만 영면과 함께 살아갈 이유를 배운다.

사막이 아름다운 건
어딘가에 우물을 감추고 있기 때문이야

언어로 표현할 수없는 감정을 날씨가 대신해 줄 때가 있다. 소리 없이 눈이 내릴 때가 그런 날이다. 눈은 최대한 자신의 존재를 낮추며 감추고 싶은 세상의 얼룩을 천천히 가려나간다. 원두커피 대신 자판기 커피를 뽑아 들고 눈을 맞으며 길을 걸었다.

심장을 뚫고 지나가는 틱낫한의 잠언 대신 폐업한 가게 앞에 발이 멈췄다. 유리창 누군가 읽어주기를 간절히 바라며 끼적여 놓은 바람 같은 낙서가 보인다. 애타게 일을 찾으며 써놓은 휴대폰 번호부터 의자에 앉아 일하며 인간답게 살고 싶다는 간절함까지…….

아픈 청춘들의 절박함이 담긴 소망이 깨알같이 적혀있다. 삶은 절박함이 있어야 단단해지나보다.

나이가 들었다고 해서 다 어른은 아니다. 세상에는 철들지 않은 어른아이가 너무 많다. 생물학적인 어른은 시간이 흐르면 저절로 되지만 진정한 어른은 직장을 잡고, 결혼을 하고, 아이를 낳아 키워봐야 된다. 갓 태어난 아기의 울음소리를 들으면서 생명의 신비를 느끼게 되고, 아이가 목을 가누면서 또

탄성과 기쁨을 느끼고, 첫 걸음을 떼기 시작하면서 '엄마 아빠'를 부르며 달려오는 아이를 볼 때 고맙고 기특해서 눈물을 흘린다. 아이가 조금 자라 친구들과 어울리면서 팔이나 다리를 다쳐 아파할 때 아픔을 대신할 수 없어 부모는 또 아프다. 제 마음대로 되지 않아 고통스러워하는 아이의 눈물을 보았을 때 고통의 무게는 아이의 100배쯤 될 것이다. 아이를 키우면서 만나는 기쁨, 아픔, 고민, 고통, 상처를 모두 껴안아 봐야 행복의 가치를 깨닫게 된다.

언제쯤이면 행복이 나를 향해 웃으며 '문을 열어 줄까?'
이 물음에 영화 〈레미제라블〉의 마지막 장면을 생각해본다. 목숨보다 소중했던 코제트 앞에서 눈을 감는 장발장의 모습, 사랑하는 사람을 위해서 책임과 의무를 다하고도 대가를 바라지 않는 것, 누군가에게 든든하고도 괜찮은 배경이 되어주는 것이 진정한 행복이 아닐까.
나무가 나이가 들면 나이테가 많아지고 사람의 기억도 나이를 먹으면서 과거 속으로 들어가 추억이 된다.
산다는 것은 어쩌면 과거와 미래의 시간을 절반씩 짊어지고 가는 거다. 지나간 것들에 대해서는 끊임없는 반성과 참회를, 아직 다가서지 않은 미래에 대해서는 기대와 희망의 인사를 나누는 것.
비록 서투르다 못해 실수투성이의 행동을 반복하더라도 내일이 있기에 삶에 보란 듯이 충성을 한다.
인생에 있어 봄처럼 따뜻하고 편안한 날은 아마도 10퍼센트 정도일 것이다. 그리고 냉기가 가득한 시련의 시간도 10퍼센트 정도, 그 나머지는 편안하게 즐기는 시간이다.
유독 불행을 많이 느끼는 이유는 불행에 대한 연습도 훈련도 하지 않았기 때문이다. 때문에 어제보다 더 열심히 살지 않으면 어제보다 더 나은 미래를 기대해서는 안 된다.

행복과 불행은 한꺼번에 찾아오지 않는다. 쌍둥이처럼 서로 나눠 가진다. 자연의 생태계나 인간의 삶이나 영원한 봄도 영원한 겨울도 없다. 그 모든 것들이 순환하면서 지나간다.

이 순간 내리는 눈도 땅에 닿기 전에 나무와, 돌, 공기 속에 숨은 영혼들과 부딪치며 안부 인사를 하듯 세상의 모든 것들은 모습을 드러내면서 때로는 모습을 숨기면서도 치열하게 자신의 존재를 알린다.

"사막이 아름다운 건 어딘가에 우물을 감추고 있기 때문이야(What makes the desert beautiful is that somewhere it hides a well)."

앙투안 드 생텍쥐페리가 쓴 〈어린왕자〉에 나오는 말처럼 삶이 아무리 힘들더라도 여전히 아름다운 건 희망이 있기 때문이다.

비록 현재가 고통스럽더라도 좌절하거나 포기하지 말고 희망의 끈을 놓지 말자. 최악의 순간은 지나게 되어 있고 놓친 봄은 다시 찾아온다. 현재가 답답해도 오래도록 머물지는 않는다. 행복과 불행도 흐르는 물처럼 예정된 시간에 예정된 곳으로 흘러간다. 희망이 명성이든 재산이든 욕망을 적당히 가져야 한다.

명성과 재산을 모두 가진 세상을 바꾼 스티브 잡스를 보자. 거의 10년 가까이 췌장암과 치열하게 싸웠지만 명성과 재산을 다 내려놓고 54세의 짧은 삶을 살았다.

아무리 대단한 명성과 재산을 가졌더라도 건강하지 않으면 목숨을 걸면서까지 이루려고 애썼던 명성과 재산은 가치가 없게 된다. 물론 명성과 재산을 이루는 과정에서 많은 기쁨과 성취감을 만났을 거다. 그럼에도 불구하고 죽을 때는 다 내려놓고 간다.

가장 중요한 것은 두려움을 털어버리고 원하는 것이 넘치는 넓은 세상을 향해 몸을 맡기라는 것이다. 적당한 욕망을 가지고 성실히 건강하게 사랑하며 살면서 목표를 향해 달리는 거다.

행복은 삶의 종착지에서 만나는 것이 아니다.

세상에 맞춰 순응하며 오늘에 충실하자. 삶의 과정을 즐기면서 살자. 내 눈 앞에 펼쳐진 모든 것을 보고 듣고 냄새 맡으며 마음으로 느끼며 가슴으로 표현하며 살자. 예쁜 것은 예쁘다고 외치고 맛있으면 맛있다고 하고 남에게 피해를 주었으면 미안하다고 하자. 누군가 나를 위해 고마운 행동을 했으면 감사하다고 말하자. 현재의 삶을 몸과 마음으로 느끼며 살자.

그래야 지금으로부터 몇 해 뒤에 '그때 이렇게 했더라면'이라고 후회하지 않을 테니까.

원래 그렇게 타고난 걸 어찌할까

십년 전에 돈을 빌려준 지인에게서 늦은 밤 만나자는 전화가 왔다. 빌려준 돈을 받으리란 기대는 하지 않았지만 그를 만나기 위해서 인사동 찻집에 갔다. 보이차, 국화차를 두 잔씩 나눠 마셨지만 그는 만남의 목적(돈)에 대한 얘기는 꺼내지 않았다. 살아온 이야기를 주고 받았다. 빌려준 돈에 대해서는 한마디도 하지 않았다. 아니, 할 수가 없었다고 해야 정확하다. 반갑지만 불편하고 마음 아픈 만남이었기 때문이다.

2시간 동안 세상을 한탄하는 듯한 그의 말을 들어주어야만 했다. 때로는 끄덕이면서 때로는 불편해 하면서.

직장을 관두고 필리핀으로 투자 이민을 간 친구인데 가진 것 다 잃고 한국에 돌아오니 반겨주는 사람이 없다는 것이다. 차를 마시고 베트남 쌀국수를 먹으면서 인내심을 가지고 하소연하는 그의 얘기를 들어주었다. 가끔은 그의 말에 마음이 너무 아파 어깨를 토닥여 주기도 했다.

대구 가는 기차표와 함께 원두커피와 김밥을 사주고 플랫폼을 나왔지만 그가 한 말이 생각나 마음이 편치 않았다.

"아이가 교통사고를 당해 한쪽 다리를 못 쓴다"는 말이 편치 않았다.

30분이면 집에 올 것을, 내릴 역을 놓쳐 23개 역을 지나 세 번의 환승을 하고 결국 1시간 30분이 걸렸다.

좋지 않게 변한 친구의 상황이 해결할 수 없는 고민이 되어 나를 힘들게 했다. 착하게 살아도 열심히 노력해도 가끔 세상은 거꾸로 움직일 때가 있다. 미친 것처럼. '착한 사람이 성공한다'는 어렸을 적에 책에서 배운 것이 사실이 아닌 것으로 드러날 때는 답답하다.

누가 물으면 무신론자라 말하면서도 반칙이 일어나는 순간을 만날 때는 간절하게 신을 찾는다. 하늘을 향해 세상을 향해 존재의 이유, 성공의 법칙을 묻는다. 내 힘으로 해답을 찾을 수 없는 그 물음을.

그러나 격렬한 몸부림 끝에 찾아오는 것은 '마음 다침'이다.

이제는 사실이 아닌 것을 보고도 사실인 척, 정답이 아닌 것을 알고도 정답인 척 지나친다.

그것이 세월의 연륜이 남긴 잔해들이다.

"내 마음은 어디에 있을까. 내 존재는 어디에 있을까." 아주 가끔 스스로에게 질문을 던지지만, 하나둘 묻고 대답을 기다리며 살기에는 나이가 들어버렸다. 내가 격렬하게 부정했던 "인생 다 그렇지 뭐. 다들 그렇게 살아."란 엄마의 말씀이 진리가 되어 심장에 콕 박힌다.

하지만 여전히 미련이 남는다. 살아갈 이유를 하나씩 줄여가며 살아야 할 만큼 나이가 들었지만 세월의 힘에 굴복해 삶을 성급히 마무리하지는 않으리라.

그 이유는 꿈이 닿지 않은 곳에 여전히 푸르게 출렁이는 희망의 조각이 남아 있기에.

행복은
삶의 종착지에서
만나는 것이 아니다.
현재의 삶을
몸과 마음으로
느끼며 살자.

경계를 무너뜨리고
때로는 경계를 지키는 것

몇 년 전 시한부 인생을 살고 있는 지인을 만났는데 그는 삶이 얼마 남지 않았다며 내 손을 잡고 한참을 울었다. 그 어떤 말도 위로가 되지 않을 것 같아 한 시간 동안 고개만 끄덕이며 장미꽃바구니를 안겨주고 나왔다.

세상 모든 것이 태어나는 순간 잠시 머물다가 떠나간다. 그리고 새로운 무엇이 다시 태어난다.

인생도 마찬가지다. 여기, 이 사람, 내가 속한 곳이 분명 있는데 그것이 사라지고 그 사람 이름 위에 붉은 줄이 그어진다. 낯선 곳을 여행하는 이방인처럼 아무 곳에도 소속되지 않는 것은 슬픔이다. 하지만 경계를 벗어나 처음으로 돌아가 보면 삶 자체가 어디에도 소속하지 않는 무소속의 삶이 아니던가.

어느 순간 경계를 만들고부터 내 쪽으로 기울게 하는 이기심 때문에 소속에 대한 집착이 강해졌는지 모른다.

내 편으로 만들기 위해 타인의 마음을 강요하는 것,

내 편이 되어야 내 것이라고 생각했던 가냘픈 진실 때문에 사람은 자주 불행을 만나는 것 같다.

아무도 몰래 수천 개의 알을 낳는 거북이처럼 모른 듯이 겸손하게 조금만 더 '내 쪽으로'라는 경계를 고집하지 않는다면 더 많이 행복할지 모른다.

무조건 소유하지 말고 있는 것을 그대로 놓아두고 바라보는 것, 그대로 지켜주는 것이 삶의 오류를 적게 남길 거다. 그리고 함부로 욕심을 내어 경계를 무너뜨리지 않는 것이 나를 덜 힘들게 할 것이다.

치열하게 욕심내어 많은 것을 얻었지만 욕심낸 대가로 가장 중요한 것을 잃어버리는 어리석은 존재.

욕심내지 않고 적당히 소유하며 내가 쌓아놓은 나의 경계를 무너뜨리는 것, 그래서 겉의 나와 내면의 나가 함께 웃는 것이 애타게 찾던 평범한 삶이 아닐까.

채우고 비우는 반복학습이
인생이다

"몸의 때는 물로 씻고 마음의 상처는 눈물로 씻고 영혼의 때는 책으로 씻으라."는 말이 있다.

넘칠 만큼 책속에 파묻혀 살았지만 여전히 책에 목마르다. 행복하게 사는 것이 무얼까. 아마도 나이와 환경에 맞게 넘치지도 모자라지도 않으면서도 나누며 채우고 비우며 사는 것이리라.

젊어서는 채우는 일에 몰입하고 나이가 들어서는 비우는 것에 정성을 들여야 한다. 냉장고에 음식물을 채우듯 젊어서는 지식을 채우고 꿈을 채우고 지갑을 채워야 한다.

젊어서는 채우는 일에 몰입하자. 그래야 나이가 들어서도 비울 것이 많아 열심히 산 것처럼 기분이 좋을 테니까.

중년에는 채우려 하지 말자. 채우기에 몰입한다면 몸도 버겁고 마음도 힘들어진다. 나이가 들어 비울 것이 없다면 삶이 허전하고 궁핍할 것 같다.

나이게 맞게 일하고 쉬어야 몸도 마음도 편하다. 무리수를 두지 말고 일의 양과 쉼을 적당히 조절하자.

청춘 시절에는 채우는 것에 몰입하고 중년에는 겨울나무가 봄맞이를 위해 나무에서 자란 잎, 열매, 모든 것을 남김없이 털어내듯이 욕심을 비우고 지갑을 비워가며 살자.

완성에 가까운 삶은 무엇일까

비 오는 날이라 그런지 라디오에서 흘러나오는 장사익의 〈봄비〉라는 노래
가 귀에 감긴다.

아픈 추억의 안부가 그리운 날에는 뉴에이지나 재즈 음악을 즐겨 듣는다.
나는 보이쉬하면서도 목소리가 촉촉한 웅산의 노래를 좋아한다.

가수든 시인이든 예술가의 작품 속에는 비껴 간듯 하지만 삶이 보인다. 2
분을 노래하면서 곡의 80퍼센트를 표현하는 가수도 있지만 50퍼센트도 소
화하지 못하는 가수도 있다.

예술도 진정성과 자신감이 중요하다. 그리고 하나는 연륜이 아닐까.

지나간 내 젊음도 호기심을 가진 눈빛으로 삶을 탐닉하듯 모험하지 않았다
면 지금의 나는 존재하지 않을 것이다.

시인 보들레르가 "한 알의 밀알 꽃이 교회당을 향기로 가득차게 했다."고
노래한 것처럼 그 어떤 삶이든 과정이 충실하면 살아갈 의미는 충분하다.

비록 꽃도 한철이고 사람도 한 시절이지만 노래를 부르지 않고 춤을 추지
않는 사람이 예술의 미학을 알 수 없듯이 실수와 실패, 아픔, 고통, 좌절을

겪어봐야 진정한 삶의 의미를 알게 된다.

나이 마흔여섯에 홍대 앞 소극장에서 노래를 해야 했던 늦둥이 소리꾼. 어떤 노래를 부르든 긴 호흡으로 기름 짜듯 통곡의 목소리가 절절하다. 노래를 듣노라면 힘들었던 내 삶의 한 고비가 스쳐가며 지나간다.

사람은 누구나 '내 앞의 생'을 살아가면서 부딪치는 삶의 파도에 떠밀려 배반 아닌 배반으로 상처를 주고받으며 살아간다. 그리고 살아가면서 잊고 지우고 묻는다. 세월의 파도가 스쳐 간 자국이 상처든, 얼룩이든 그리 중요하지 않다.

진정 중요한 것은 물처럼 흘러간 세월의 허무함이다. 그러나 주름지고 칙칙한 모습의 자신을 바라보면서도 꿋꿋이 웃으며 살아갈 수 있는 것은 지나간 추억이 남긴 '행복했던 순간'이 많기 때문이다. 그 때문에 변한 얼굴의 슬픔 속에서도 위로와 연민을 느끼며 편안하게 살아가는 것이다.

나이가 든다는 것, 그래서 늙는다는 것은 오래 숙성시킨 와인처럼 깊은 맛이 있다.

오래도록 바다 깊숙이 묻혀 있다 해변으로 밀려온 진주처럼 성숙 그리고 완성을 의미하는 것이 나이 듦이리라.

바다작용에 의한 변화를 겪고도 그 변화에 정복당하지 않고 존재하는 진주처럼 삶의 거친 파고에도 불구하고 오래도록 살아남는 사람, 그 사람이 미완이 아니라 완성에 가까운 삶을 산 것이 아닐까.

여백이 있는 삶을 살아라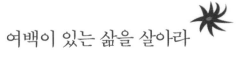

어려서 꽃을 많이 보고 자라선지 시골집 담장 위로 자라는 빨간 넝쿨 장미를 보면 멈춰 서서 한참을 바라본다.

나는 넝쿨 장미 꽃잎들이 흐드러지게 피어있는 골목길을 찾아 걷기를 좋아한다. 많은 꽃잎들이 꽃무덤이 되어 쌓여있는 거리는 슬프고도 아름다운 풍경이다.

너저분한 꽃의 잔해가 쌓인 길을 걸으며 화려하게 생을 마감한 꽃잎의 임종을 지켜보며 내년에 다시 만날 약속을 한다.

세상의 아름다운 모습들이 쉴 새 없이 사라지는 것은 꽃뿐만이 아니다. 시시때때로 변하는 세상의 풍경이 다 그렇다. 마치 즉석에서 튀어나오는 일회성의 사물처럼 보이는 것들이 안타깝고 아쉽고 애처롭다.

존재감 없이 세월 속에 묻혀버리는 것들을 보며 손에 쥐는 것이 없는 무명 시인의 삶을 살던 옛 시절이 떠올라 아프다. 상처 입은 꽃잎에서 힘들었던 나의 옛 모습이 투영된다. 가슴이 아리고 시리다. 마음속 깊이 문신처럼 새겨져 있는 '무명 시인의 설움'이 밀물과 썰물이 되어 내 눈앞에 아른거린다.

한때는 꿈이라는 것, 행복이라는 것은 그냥 착하게만 살면 어릴 적 동화에 나오는 이야기처럼 산타 할아버지가 크리스마스 날에 내 머리맡에 두고 가는 선물처럼 기쁨의 날들만 있으리라 생각했다.

청소년기를 지나 어른이 되고 보니 꿈과 행복은 노력만으로 이루어지지 않는다는 사실을 알게 되었다. 사과나무 아래에서 사과가 떨어져주기를 기다리는 것은 멍청한 바보가 아니라 사과를 내 손으로 따는 용감한 사람이 되어야 행복의 주인이 된다는 것이 용기가 부족한 나에게는 두려웠다. 사과를 따지 않는 한 사과는 내 손에 떨어지지 않듯 행복도 내가 찾지 않는 한 나에게 오지 않는다.

젊은 나이에 요절한 윤동주 시인은 '하늘을 우러러 한 점 부끄러움이 없기를'이라고 노래했다.

그 어떤 사람이든 나름대로 최선을 다해 살려고 노력한다. 그러나 살면서 장애물을 만나 좌절하고 배신당하고 또 이유 없이 실패하는 일이 생기기에 중간에 포기하며 좌절감을 느낀다.

한평생을 살면서 성공한 사람이라도 후회 없이 사는 사람은 없다. 남보다 얼마나 더 많이 노력했느냐에 따라 후회를 더하고 덜 하는 차이 뿐이다.

나 역시 자랑할 만한 삶은 살지 못했지만 내게 주어진 삶의 과정을 누구보다도 열심히 그리고 최선을 다해 살아왔다. 그러나 돌아보면 실수가 많았고 아쉬움과 미련이 많은 삶이었다.

지금보다 더 열심히 살아도 내가 원하는 삶의 미학이 담긴 멋진 그림을 완성하지는 못할 것 같다. 그럼에도 불구하고 최선을 다해야 한다. 그래야만 슈베르트의 미완성 교향곡처럼 여백이 있는 미완의 삶이더라도 눈물겹도록 아름답지 않겠는가.

이 순간의 삶을 살아라

지나간 실패 때문에 두려워하거나 좌절하지 말자. 비록 자존감의 상처, 아픔, 좌절을 경험했다면, 뭔가를 잘못 선택해서 실천한 이유일 것이다.

성공이 선택받은 사람의 몫이라는 것은 사실이지만 그 주인공이 내가 될 가능성도 있다. 성공이 반드시 많이 배우고 많이 가진 1퍼센트의 사람들의 몫이란 생각은 버리자. 많이 배우지 못하고 많이 갖지 못한 사람도 성공한 사람이 많다.

내가 잘할 수 있는 일, 내가 오를 산은 분명히 있다. 그것을 찾자. 무작정 나의 몫이 아닌데도 남을 따라가는 삶은 불행하다.

리처드 바크는 말했다.

"한계에 맞서 싸우라. 그러면 당신의 것이 될 테니까."

최악의 실패자는 노력조차 안 해 본 사람이다.

기회를 얻으면 무조건 있는 힘을 다해 최선을 다하자. 도전하고 싸우고 나서 실패하자. 실패는 성공의 어머니라고 하지 않던가.

실패를 함으로써 무엇이 잘못이고 무엇이 옳은지를 구별할 수가 있다. 실패를 통해 더욱 현명해질 테니까.

노력하면서 실패하는 것은 성공의 바탕이 된다. 머지않아 성공과 함께 더욱 현명해질 것이다.

로마 시인 베르길리우스는 이렇게 말했다.

"할 수 있다고 생각하기 때문에 할 수 있는 것이다."

나의 한계는 내게 부여한 한계보다 훨씬 작을지도 모른다. 그럼에도 불구하고 노력에 노력을 다한다면 훨씬 많은 것을 하게 되는 능력자가 될 수 있다.

실패한 경험만큼 깨달음의 대가는 큰 법이니까.

실패하더라도 최선을 다한 결과라면 웃을 수도 있고 실패한 원인을 정확하게 알게 될 것이고 더 많이 현명해지니까.

해가 뜨는 시간은 하루를 계획하고 실천하는 시간이지만 해가 지는 시간은 행동에 대한 반성과 감사의 시간이다.

삶의 순간의 과정을 대하는 성실한 태도가 성공의 바탕이다.

세상과 자신에게 무엇을 할 수 있는지 성실한 자세로 이 순간의 책임을 다하자.

스스로를 힐링하라

"음식을 함께하면 식구가 되고 배움과 경험을 함께하면 벗이 되고 꿈 너머 꿈을 함께하면 평생의 동반자가 된다."는 말이 있다.

혼자서 밥을 먹고 혼자서 영화를 보고 혼자서 여행하는 것을 좋아하는 나에게는 낯선 말이다.

작가를 흔히 지쳐 있거나 무관심한 영혼들을 흔들어 깨우는 역할을 하는 사람이라고 한다. 그런데 나는 무늬만 작가인 듯하다. 흔들리고 방황하는 내 영혼을 치유해야 하는데 여전히 남의 영혼을 위로하는 작가로 살고 있다. 물론 글을 쓰면서 어떤 작품에서는 스스로를 힐링하기도 하지만 타인이 쓴 글을 통해 힐링을 받는다.

이제는 나를 돌아보며 내 영혼부터 위로하고 토닥이는 작가가 되자.

깊은 사색이 필요한 이 가을에는 오로지 나를 위로하는 치유의 시간을 갖자.

어쩌면 어깨 한번 다독일 틈 없이 훌쩍 여행 떠났던 친구들, 뜨거운 태양에 놀라 숨어들었던 감성의 솜털들이, 그리고 기억 속 어느 가을날 미소년의 웃음을 던진 그대가 가을과 함께 내 곁에 모른 듯이 앉아 있을지도 모르니까.

마치 떠난 적이 없는 그때로 돌아와 편안히 제 일들을 하고 있을 그날을 위해.

기다림을 기다리며 나를 배려하고 위로하며 사랑하는 시간을 갖자.

자연도 사람도 제자리로 돌아와 털고, 줍고, 버리고, 남기는 시간을 즐길 테니까.

모두를 위해 쉼 없이 달려가자.

버리고 또 버려 가볍게 살자

복잡해진 머리를 단순하게 만들기 위해 집을 들쑤셔 놓았다. 대청소에 몰입하기로 작정한 것이다.

밀린 원고를 내팽개쳐 두고 지난 몇 년 동안 버리기로 작정한 것, 나에게 필요 없는 것들을 모아 교회 알뜰시장에 기부하기로 했다.

10년이 지난 노트북부터 배불뚝이 모니터, 나에게 어울리지 않은 가방, 의류 그리고 신발 등을 모아 보니 과일박스 5개 정도가 된다.

책만큼은 버리지 않는 원칙이 있다. 책은 삶의 전부가 되니까. 이사하는 사람들이 버린 책을 모아둔 것도 많다.

그 나머지의 생활용품은 갖고 있어봐야 시간에 쫓기고 심플 라이프를 추구하는 나에게는 거추장스런 짐이 된다.

그래서 수시로 필요 없는 것을 기부하고 또 버린다.

미련 없이 버리고 털고 비우고 있다.

나를 힘들게 하는 세속에 찌든 먼지도 내 눈을 가렸던 마음속에 숨어있는 품지 말았어야 할 허영의 덩어리도 말끔히 털어낸다.

내가 머무는 공간 , 내가 만나는 것들, 나의 몸과 마음에 붙어 있는 불필요
한 것들을 보내 버리자.
버리고 또 털어내어 가볍게 살자.

때로는 어렵고 불편한 것들이
삶을 쉽게 만든다

여태껏 삶의 색깔을 무슨 색으로 시작해야 할지 모르면서 삶의 그림을 그렸다고 해도 과언이 아니다.

오늘은 붉은 점 하나 찍고 그 위에 하얀 선 하나를 그었다. 그제야 삶의 여백 사이로 창 안으로 들어온 햇살이 무지갯빛으로 투영된다.

어떤 그림으로 완성해야 할지 삶의 그림의 구도를 정확히 알았다. 어쩌면 보물섬을 찾은 것처럼 최고의 순간인지도 모른다.

현실도 그림처럼 그렇게 되었으면 하고 묵상 기도한다.

이제는 삶의 색이 무엇이든, 나를 찾아온 빛이고 어둠이기에 어떤 이유를 달아 거부하지도 않고 마음으로 껴안으리라. 어차피 내게 온 것들이라도 떠나갈 시간이 오면 이별해야 하니까. 밀어내 봐야 예정된 순간까지 떠나지도 않을 테고.

긍정의 생각과 행동으로 편히 껴안으리라. 그렇게 하기로 결정하고 나니 몸도 마음도 가벼워진다.

왜 조금 더 일찍 깨닫지 못했으며 그렇게 하지 않았을까. 잠시 후회가 밀려왔지만 후회라 여길 때가 또 빠를지도 모르니까 마음을 토닥인다.

대청소하듯 그 수많은 이유와 변명과 핑계를 훌훌 털고 버리고 내려놓으니 삶의 짐꾸러미는 훨씬 가벼워진다.

때로는 '나'마저 내려놓고 훌훌 털어버려야 진정한 '나'를 만난다는 생각이 든다. 이제야 자유롭다.

나를 내려놓고 잊는다는 건 두렵고 겁나는 일이지만 그건 나를 지키려는 절박한 순간이다. 내려놓고 잊고 나니까 진정한 나를 만난 듯하다. 두려워하고 겁내고 있던 내가 사라져 버렸다.

그래 맞아, 삶은 단순한 거였어.

후회와 깨달음은 마지막에 만난다

행복은 넘침과 결핍 사이에 있는 간이역이다.

'빨리 빨리'에 익숙한 사람들은 이 작은 역을 지나칠 수도 있다. 한 템포 느리게 행동하면 행복이라는 간이역에 멈출 수가 있다.

멈추어야 나를 기쁘게 하는 것들이 세상에는 너무나 많다는 것을 알게 된다. 나란히 이어진 기찻길, 선로에 피어있는 들꽃, 하늘거리며 부는 바람, 하늘의 뭉게구름, 엄마 등에 업혀서 편히 잠자는 아가의 모습까지 나에게 잠시 웃음을 주고 시선을 맞추고 나의 발길을 멈추는 것들, 그것이 행복을 만난 순간이 아닐까.

고은 시인이 노래한 "올라갈 때 보지 못한 그 꽃을 내려갈 때 보았네."처럼 정상에 오르기 위해 위만 보고 달리지 말고 앞도 옆도 뒤도 돌아보며 느리게 천천히 정상을 향해 오르는 것이 행복을 더 많이 만나는 방법일 수도 있다.

행복은 정상에 있는 것이 아니라 정상을 오르는 과정에서 만난다는 것을 나도 내려오면서 알았으니까.

고은 시인이 노래한 것처럼, 나 역시 행복의 꽃은 넘침에서 피는 것도 아니고 많이 부족할 때 피는 것도 아닌 그 중간 지점인 역, '적당함'에서 눈물겹도록 아름다운 자태로 피어있는 꽃이라는 것을 정상에서 내려오면서 만났으니까.

결국 행복은 적당함이라는 역에서 만난다는 사실을 시간이 많이 흐른 후에 알았으니까.

늘 후회와 깨달음은 마지막에 만난다는 것을.

Part 2

행복은
연습이
필요하다

멀리 있어도 사랑이다

기억보다 망각이 앞서면
널 잊을 수 있을까

눈물이 빗물처럼 흘러내려도
널 내려놓을 수 있을까

네 이름 석자만 떠올려도
심장의 울림이 기적 소리 같은데
널 지우개로 지우듯 지울 수 있을까

눈물이 마르고
심장 소리 멈추면
널 정말 잊을 수 있을까

일생을 참 슬프게 사는 꽃
상사화처럼

보고 싶은 그리움을 견디다 견디다
꽃으로 피어나는 상사화처럼
너와 나의 사랑도 그럴지도 몰라

아!
아직도 사랑할 시간이 너무 많은데
우린

행복도 경험이고
끊임없는 연습이
필요하다.
행복은 꿈꾸고
도전하는 자의 몫이다.

행복을 늦게 만나는 데는 이유가 있다.

우선 성격이 지나칠 정도로 소심해 무언가를 시작하려 할 때 타인의 시선을 먼저 생각하기 때문이다.

무엇을 시작하려 할 때 '실망할거야', '실패하면 어쩌지?'와 같이 나쁜 결과가 나올지 모른다는 두려운 생각 때문에 포기하기 때문이다.

원하는 것을 얻기 위해서는 행동을 하는데 있어 타인의 생각, 행동을 신경쓰지 말아야 한다. 그리고 시작하기도 전에 과연 '내가 할 수 있을까?, 실패하면 어쩌지?'와 같은 부정적인 생각이나 나약한 마음을 버려야 한다.

그리고 치열하게 도전했음에도 불구하고 결과가 좋지 않았거나 앞만 보고 일을 추진했지만 잘 풀리지 않을 때에는 '무엇이 문제일까?'를 찾아내어 수정해서 다시 도전해야 한다.

결과가 나쁘게 나온다고 해서 '난 충분히 노력했어. 내 잘못이 아니야.'라고 스스로를 합리화하면 다음에 무슨 일을 해도 마찬가지다. 관대함과 합리화가 나약하게 만들어 결과를 좋지 않게 이끈다.

그리고 과거를 붙잡고 있는 고정관념에서 벗어나야 한다. 과거의 삶이 지금보다 좋았든, 나빴든 과거에 집착하는 것은 나를 과거 속에 가둔다.

과거에 무엇을 했건 중요하지 않다. 과거는 단지 추억할 뿐 몰입하거나 집착을 하지 마라. 과거에 집착하는 것은 현실을 부정하게 하여 있는 그대로의 나를 바라볼 수 없게 만든다.

나폴레옹은 "1퍼센트의 가능성이 있다면 그것이 내가 갈 길이다."라고 말했다.

행복의 문을 열기 위해서는 '이것 아니면 안 된다'는 고정관념은 버리자. 과거에 대한 '집착'과 반드시 '이것'이어야 한다는 고정관념은 후회를 안겨 줄 뿐이다.

나쁜 버릇은 버려야 습관이 되지 않는다.

작가인 나도 좋은 직장에 있다가 비정규직의 프리랜서 일을 시작할 때 과거의 '평안함'이 내 발목을 잡아 새로운 일을 하는데 많이 힘들었다. 그러나 생활인이라는 절박한 현실 때문에 그대로의 나를 인정하고 사랑하게 되었다.

완전한 새가 되려면 알의 단단한 껍질을 나와 힘찬 날갯짓을 하며 하늘을 날아야 하는 것처럼.

삶과 죽음의 경계는 무너뜨릴 수 없지만 행복과 불행의 경계는 경험을 통해서만 허물 수가 있다. 살면서 깨달은 것들은 모두 경험을 통해서이다. 외국어를 배우는 것, 스키를 타는 것, 안 좋은 버릇을 고치는 것, 좋은 친구를 만나는 것, 모두가 경험이 준 선물이다.

마찬가지로 행복이 무엇인지, 어디에 있는지를 알아야 행복이 있는 방의 문을 열고 들어갈 수 있다.

행복도 경험이고 끊임없는 연습이 필요하다.

같은 음식이라도 맛있으면 또 먹게 되듯 행복도 느껴본 사람이 또 느낀다.

행복은 꿈꾸고 도전하는 자의 몫이다.

행복이 있는 방향으로 카메라를 맞추고 치열한 열정으로 춤을 출 때 행복은 멈춘다.

더 이상 놓치고 후회하는 어리석은 사람은 되지 말자.

시험을 보기 전에, 아프기 전에, 이별하기 전에 과거의 경험을 되새겨 머릿속 지도를 펼쳐 보자.

그 안에 답이 있다.

하찮은 것들이 모여
큰 기쁨 큰 행복을 만든다

드릴로 벽을 뚫고 정확한 무게중심점을 찾아 지인이 선물한 해바라기 그림을 걸었다. 고흐가 그린 작품은 아니지만 고흐의 그림이라고 생각하며 해바라기를 바라보니 마음도 풍요로워진다.

한동안 중심 잡지 못하고 평형을 이루지 못한 나의 마음을 지인의 뜻밖의 선물이 나를 위로해준다.

좋은 일이 생길 것 같은 예감이 드는 날이다.

창밖으로 파란 하늘과 회색 구름이 펼쳐져 있고, 아침에 빨아 널은 흰색 후드티, 청바지가 하늘 높은 줄 모르고 춤을 춘다.

나를 눌렀던 수천 개의 고민이 별똥별 떨어지듯 사라졌다.

기다리던 출판사에서 계약에 대한 기분 좋은 메일도 받았다.

어디로 가야할지 몰라 무작정 멈춰 섰던 두 발이 이제야 방향을 찾은 듯하다. 한껏 부풀던 욕망을 조금 내려놓으니 좋은 일이 생긴다.

행복도 저 혼자 오지는 않는다는 말이 진리처럼 느껴진다.

선각자들이 편안한 일상이 기적이고 행복이란 말에 공감하면서도 생각의 일탈을 꿈꾼다.

생각해보면 행복을 찾아 삶의 문제를 하나씩 해결할 때마다 기쁨도 찾아오지만 그와 함께 따라오는 새로운 고민거리가 생긴다.

혼자 사는 게 외롭고 싫어 결혼하면 외롭지 않을 거라 생각하고 결혼을 한다. 그러나 막상 결혼하면 기쁨과 행복을 느끼는 만큼 고통과 아픔도 따라온다.

결혼 생활 10년 차인 사람들에게 질문을 하면 '결혼은 곧 무덤이다, 가능한 한 연애는 오래하되 결혼은 늦게 하라'고 조언한다. 결혼해서 좋은 것이 너무 많지만 때로는 결혼이 삶의 장애물로 느껴질 때도 있다. 사랑이 식은 게 아니라 연애는 이상이지만 결혼은 보이는 모두가 현실이기 때문이다.

삶의 그 어떤 문제든 해결이 되면 함께 동반하는 새로운 문제가 생긴다. 누구의 조언도 중요하지만 스스로 머리로 따지지 말고 마음이 움직이는 대로 하면 이익은 많지 않더라도 나를 아프게 하지는 않는다.

욕망을 줄이고 긍정적인 생각을 가지고 마음의 방향으로 세상을 읽으면 된다. 살면서 찾아오는 기쁨과 슬픔도 나의 생각, 행동에 의해 움직인다는 사실이다.

지옥일지, 천국일지 신만이 안다. 생활의 욕망을 조금 내려놓을수록 몸과 마음은 가벼워진다.

한때는 꿈을 향해 달려가던 수천 걸음보다도 살기 위해 어둠의 터널에서 빠져나오는 한 걸음이 더 힘들었지만 조금씩 내려놓고 비우니 전부가 천국 같다.

낮은 곳을 향해 시선을 맞추게 되고 두 팔이 닿고, 들 수 있을 만큼의 크기만 보인다.

사소하고 작은 것 속에 행복이 숨어 있다는 것을.

돈이 많지 않아도
마음이 풍요로우면 행복하다

얼마 전 유명 연예인이 방송에 나와 자장면을 못 사먹을 만큼 가난했던 어린 시절을 눈물로 고백한 적이 있다.

지금은 해외를 가지 않아도 세계 각국의 음식을 쉽게 먹을 수 있다.

나 어렸을 적만 해도 부모의 세대가 가난에서 벗어나기 위해 치열하게 살았던 때라 자장면이 전부였다. 10원짜리 동전으로 공중전화 부스에서 엄마의 목소리를 들을 수가 있었고 200원이면 살 수가 있었다.

그때는 야간통행금지(밤 12시~새벽 4시)라는 게 있어 밤 12시가 되면 버스도 택시도 사람도 다닐 수가 없었다. 가끔 사이렌 소리가 들리기 직전 술이 취한 모습으로 퇴근하시는 아버지를 기다릴 때도 있었다.

아버지처럼 일하지 않으면 주변에 보이는 가난한 사람들처럼 살거란 생각을 많이 했다. 어린 나이에 가난은 공포였고 두려움이었다. 열심히 최선을 다하고 살아도 아버지의 벽을 넘을 수 없다는 것을 알기에 '성공'에 대해 집착이 강했다.

자수성가한 아버지보다 더 높은 지위, 더 풍요롭게 살기 위해 몸이 아파도

안 아픈 척하고 공부를 했다. 부모님이 힘들까봐 돈이 많이 필요한 교구는 아버지가 판사였던 친구 집에 가서 빌려서 보았다.

착하고 성실하게 최선을 다해 살면 어른의 내 모습은 내가 원하는 사람이 되어 있을 거란 종교 같은 믿음이 있었다.

내 부모님은 자식을 위해 전부를 올인한 삶이었지만 나는 나를 위한 삶을 살아야 한다는 생각을 많이 했다.

어린 시절 석유난로에 불을 붙여 밥솥에 쌀을 넣고 밥을, 한쪽 연탄불에는 국을 끓이기 위해 번개탄에 불을 붙여 매캐한 냄새를 맡아가며 연탄을 피우던 엄마 옆에서 밥하는 것, 반찬 하는 것을 배웠다.

물론 엄마가 아프실 때에는 번개탄으로 불을 피워 밥을 한 적도 있었다. 다시 그렇게 살라고 한다면 망설여지겠지만 그때는 그 삶이 최고라고 생각했다.

TV와 전화가 있으면 상류층에 속했던 흑백의 그때 그 시절, 청소년이 갈 곳이라고는 제과점, 만화방이 전부였다. 휴대폰도, 컴퓨터도, 오색찬란한 칼라의 영상도 없어 지금 생각하면 아찔한 삶이지만 어려운 가운데서도 서로를 아껴주고 고구마 하나라도 나눠먹으며 돈이 없어 불편했지만 마음은 행복했다.

고등학교만 졸업해도 좋은 곳에 취직을 해서 성공하는 사람도 많았기에 대학을 반드시 가야 한다는 절박감도 크지 않았다.

지금 내 친구들을 보면 오히려 많이 배운 친구들이 평범하게 살아가고 대학을 가지 않은 친구가 성공한 인생을 살고 있다.

비록 지금보다 가난하고 환경도 안 좋았지만 부족하면서도 꿈을 향해 치열하게 노력했다. 번개탄에 불을 붙여 연탄불 위에 라면을 끓여 먹었어도 꿈이 이루어질 거라는 확신이 있었다.

그러나 언제부턴가 돈, 돈, 돈, 돈이 전부인 것처럼 세상이 변하고 있다. 물론 돈보다 소중한 것은 많지 않다. 눈을 뜨고 감을 때까지 돈이 삶의 영역을 건드리고 있기 때문이다.

인간관계, 사랑, 우정, 건강, 취미, 삶의 질까지 영향을 주고 있다.

돈이 많으면 삶의 질은 업그레이드 시킬 수는 있어도 가슴이 원하는 것을 살 수는 없다. 높은 지위나 넘치는 돈이 행복의 조건은 되겠지만 필요조건은 아니다.

마더 테레사나 마하트마 간디, 달라이 라마와 같은 위대한 사람들을 보면 답을 찾을 수가 있다. 그들은 가난하게 살았어도 존경받으며 기쁨으로 만족하며 살았다. 자신은 물질적으로 궁핍했지만 세상을 향한 마음의 풍요로움이 넘쳤기 때문이다.

돈이 삶의 중심이 되면 아무리 돈이 넘쳐도 행복하지 않은 돈의 노예로 살 뿐이다.

돈이 많으면 누구처럼 세일 기간을 찾아 쇼핑을 하거나 신선도가 떨어진 떨이 식품을 사지 않고 아무 때나 가서 원하는 것들을 웃으면서 살 수가 있다. 기분 좋으면 음식을 서빙하는 웨이터에게 팁을 줄 수도 있다. 돈이 많으면 기분 좋게 삶을 만끽할 수는 있으나 행복을 통째로 살 수는 없다.

행복은 엄청난 돈을 가진 사람을 좋아하는 것이 아니라 현재 가진 돈으로 만족하며 사는 사람을 좋아한다. 다시 말해서 돈이 많지 않아도 마음이 풍요로우면 얼마든지 멋지게 살 수 있다. 행복한 삶의 기준은 돈의 많음이 아니라 마음의 풍요로움(prosperity)이기 때문이다.

행복의 묘약은 무엇일까

안톤 슈나크의 〈우리를 슬프게 하는 것들〉에 보면 "우는 아이는 우리를 슬프게 한다."라고 적혀 있다. 누구나 우는 것보다 웃는 것을 좋아한다.

어릴 적 나는 눈물이 많은 소녀였다. 그러나 가족 곁을 떠나 객지 생활을 오래 하고부터 쉽게 눈물을 보이지 않을 만큼 강해졌다.

가장 큰 이유는 내가 울면 주변 사람들이 걱정을 하고 힘들어질 것 같아서다.

웬만하면 웃음으로 일상을 연다. 웃음은 비록 순간적이지만 그 웃음소리가 던지는 심리적 파장은 봄날의 푸르름 자체다. 그러나 살다 보면 현실은 웃음보다 눈물을 흘리게 하는 일이 많다.

세상의 모든 사람이 웃는 얼굴을 좋아하고 우는 얼굴을 싫어한다.

보통 웃는 얼굴과 우는 얼굴을 단순한 감정의 표현으로만 생각한다. 그러나 얼굴에 나타내는 웃음과 울음은 살아가고 있는 현실 그대로를 반영하는 것이다.

눈물을 많이 흘릴수록 현실이 힘들다는 것을 표현한 것이고 웃음이 많을수록 현실이 만족스럽다는 것이다.

사람은 감정의 동물이기 때문에 기쁘고 즐거울 때 웃고 비극적인 상황에 부딪히거나 견디기 어려울 정도로 슬픈 감정이 북받치면 울게 된다.

웃음은 자신의 감정을 이긴 결과로서 나타나는 현상이고, 울음은 자기의 슬픈 감정을 이기지 못해서 나타나는 감상적인 현상이다.

웃음은 자기 자신뿐만 아니라 자기가 처한 상황을 이긴 감정적인 표현이고, 울음은 자신이 처한 상황과의 싸움에서 패배해 무의식적이지만 연민과 동정을 얻으려는 신호이기도 하다.

자존감이 강한 사람일수록 눈물을 흘리며 울기보다는, 실패하더라도 그것을 극복하기 위해 최선을 다한다. 삶은 희극적인 일보다 비극적인 일이 많이 일어나기 때문에 슬픔에 익숙한 것이다.

행복의 묘약은 무엇일까. 견디는 '강한 힘'이다.

그것이 있기에 실패하고도 툭툭 털고 일어나 '괜찮아, 다시 한 번 해보지 뭐.'라고 말하는 거다.

삶의 공식은 단순하다는 것을

부모가 아이를 더 많이 교육시키는 이유는 단순히 성공을 위해라기보다는 행복하게 살 수 있는 기회를 주기 위해서다.

지나온 삶을 돌아보면 성공과 출세가 행복의 필요충분조건은 아니라는 것을 느끼게 된다.

나도 학창시절에는 '성공=행복'이라는 생각을 한 적이 있다. 그러나 연봉이 많은 직장, 비정규직 프리랜서, 전업 작가의 길을 걸어오면서 '성공=행복'이 아니라는 것을 깨달았다.

요즈음 사람들을 만날 때마다 내가 가장 많이 듣는 질문 중 하나는 "돈벌이가 되지 않을 텐데, 왜 작가의 길을 가세요?" 이다.

그러나 난 주저 없이 대답한다.

"글을 쓸 때가 가장 행복하다. 내 혼이 담긴 시를 쓰고 남의 혼이 담긴 글을 읽을 때가 가장 편하다."고.

작가뿐만 아니라 대부분의 예술가들은 "맞아! 행복하지 않으면 우린 이 일을 할 수가 없지."라고 말한다.

세상을 쥐고 흔드는 권력을 가졌다고 해도 반드시 행복한 것은 아니다.

돈이 너무 없으면 그것도 불행한 삶의 씨앗이 된다. 넘쳐도 안 되고 모자라지도 않아야 한다.

돈 없는 사람들이 곧잘 '돈 많으면 골치만 더 아프다'는 식으로 자위를 하지만 돈은 행복과 건강을 지켜주는 힘이다. 비록 돈으로 행복을 살 수는 없지만 돈은 분명 행복의 조건이다.

소득이 낮은 사람들은 기본적인 욕구를 충족시키는 것부터 걱정해야 하기 때문에 스트레스도 많다.

최고의 교육을 받아 사회적 지위를 높이는 이유도 따지고 보면 성취와 돈 때문이다. 성취와 돈이 충족되면 인생의 목표인 행복의 조건을 갖추게 된다.

그렇다고 행복의 필요충분조건이 성립되는 것은 아니다. 나머지 하나는 일을 하면서 느끼는 만족도다.

행복해지려면 어떻게 해야 할까.

얼마 전 미국 인터넷 매체 허핑턴포스트는 삶의 습관 몇 가지만 바꾸어도 행복할 수 있다고 전했다.

그 첫 번째로 아침에 눈을 뜬 순간 최면을 걸라는 것이다. 잠에서 깨어 '오늘은 신나는 날이 될 거야', '오늘도 살아있으니 운이 좋다', '오늘 신나는 경험을 할 수 있을 거야' 등 긍정적인 생각을 하라는 것이다. 스스로에게 최면을 걸기 위해 책상 위나 거울 등에 행복을 위한 글귀를 써서 붙여두는 것도 좋다.

두 번째는 '사랑해' 라는 말을 하는 것이다. 집을 나서기 전에 문자나 이메일로 좋아하는 한 사람을 골라서 '사랑해'라고 말하는 것이다. 배우자나 아이들도 좋고, 반려동물도 괜찮다. 아니면 거울을 보고 자신에게 직접 말해도 된다. 사랑하는 마음을 가지면 기분이 좋아진다. 우리는 다른 사람과 접촉을 할 때 더욱 행복을 느낀다.

세 번째는 '웃으며 안부를 물어주는 것'이다. 누군가 '잘 지내니?' 하고 안부를 물어주는 사람이 있으면 행복한 사람이다.

네 번째는 '다른 사람이 잘 되길 빌어주는 것'이다. 아침에 출근할 때, 마주치는 사람들을 둘러보고 잘 되길 기도하는 마음이다. 그들의 건강문제, 살림살이, 고민, 외로움, 상실감으로 힘들어하는 마음들이 잘 풀리길 기도하는 것이다. 사람들에게 연민을 느낄 때 행복감은 높아진다고 한다.

마지막으로는 '반성하고 감사하는 마음'이다. 잠들 때마다 하루를 되돌아보고, 잘못한 일에 대한 반성과 감사할 만한 것에 대해 진심으로 감사하는 마음이다. 좋은 소식, 행복했던 일, 맛있는 음식, 따뜻한 잠자리에 감사하는 마음이다.

그래야 하루가 행복해진다.

주변을 소중히 할 때
세상도 나를 소중히 여긴다

윤동주 시인이 "하늘을 우러러 한 점 부끄러움이 없기를"이라고 노래했지만 후회 없을 만큼 완벽하게 사는 사람은 거의 없다.

불완전하게 살다가 떠나는 조건을 갖고 타고난 존재가 인간이기 때문이다.

누구나 완벽하기를 원하고 완전한 것을 좋아한다. 불완전한 것을 좋아하는 사람은 이 세상에 없다. 불완전한 것들을 완전한 모습으로 만들어가는 것이 참된 삶의 가치이다.

마치 리처드 버크가 쓴 〈갈매기의 꿈〉에 나오는 조너던처럼 먹기 위해서 사는 갈매기가 아니라 숱한 실패와 좌절을 겪으면서도 하늘을 나는 연습을 포기하지 않고 끝까지 해야 한다.

부족하게 태어났지만 완전하려고 노력하는 과정에서 좋은 모습으로 발전시켜 나가면 된다.

그 누군가가 나를 위해 사랑과 기도를 베풀었다면 나 또한 나약한 사람들을 위해 사랑을 베풀고 시선을 주고 기도를 해야 한다.

삶은 베풂이고 나눔이고 함께 나눌 때 행복은 배가 되기 때문이다.

내가 존재하는 이유도 그들이 있기 때문이다. 세상은 나 혼자는 살아갈 수 없는 구조이다.

외로움을 안고 태어난 존재도 사람이지만 외로움을 벗어나려고 애쓰는 존재도 사람이다. 절대로 혼자서는 행복하게 살 수 없는 인연의 고리로 이어진 사회적 동물이 사람이다.

사랑, 배려, 나눔이 없으면 편안히 살아갈 수 없다.

나를 찾아온 모든 것을 소중히 할 때 세상도 나를 소중하게 여긴다는 것을 잊지 말자.

나를 만족시키는 것이 행복이다

나에게 있어 시간의 기억은 왜곡이다. 내가 경험한 것을 모두 기억하는 것이 아니라 기억하고 싶은 것만 기억하려 하기 때문이다.

때로는 아름답게 포장을 하고 멋지게 각색을 해서 드라마보다 더 드라마틱하게 재구성을 해서 밖으로 끄집어낸다.

어렸을 적의 시간의 기억과 어른이 되었을 때의 시간의 기억도 마찬가지이다.

생각해보면 어른이 되었을 때 시간은 어렸을 때 마주한 시간보다 훨씬 짧다. 어렸을 때 뛰어놀던 커다란 운동장이 어른이 되어 찾아갔을 때 너무 작은 느낌처럼.

어린이와 어른의 차이는 생각의 크기도 깊이도 차이가 크다. 아마도 어릴 적의 시간은 더 많은 것을 보고 듣고 그리고 마음에 새기는 시간이기 때문에 길다는 느낌이 들 것이고 어른이 되었을 때 시간은 어릴 때 보고 듣고 느낀 것에서 벗어나지 못하기 때문에 한계가 있어 짧은지도 모른다.

행복도 어렸을 때부터 행복해지는 기회를 많이 갖고 행복해지기 위한 꿈을 많이 찾아야 행복해질 운명을 많이 만난다.

행복하다고 느끼지 못하는 것은 어린 시절 보고 듣고 느낀 것들이 행복을 가르쳐 주지 못했기 때문이다.

어렸을 때에는 행복해질 기회를 주변 환경과 세상이 만들어주어야 하지만 어른이 되어서는 스스로가 찾는다.

나에게 맞는 옷이 있듯이 행복도 나에게 맞는 것이 따로 있다.

내가 바라는 행복의 방향을 찾아 편안하게 누리면서 즐겨야 행복과 마주하게 된다.

더 많이 행복해지는 법

성공과 행복은 일치하지 않는다. 만약 내가 성공은 했다고 생각하는데 행복을 느끼지 못한다면 현재의 삶을 돌아볼 필요가 있다.

여전히 현재에 만족하지 못하고 나의 눈높이보다 높은 욕심을 가지고 있기 때문이다.

행복은 내 머리 위에 있는 것이 아니라 내 눈 아래 머문다. 행복은 내 손이 닿는 곳에 항상 머문다.

행복은 눈높이의 욕심은 무시한 채 머리 위의 욕심을 좇는 사람을 좋아하지 않는다.

지나친 욕심을 갖고 맹렬히 좇을수록 행복은 오히려 비켜가는 습성이 있다.

행복은 돈을 주고 살 수도, 돈을 받고 팔수도 없다. 그리고 오래도록 행복을 묶어 둔다고 해서 한 곳에 머무는 것도 아니다.

행복 역시 돌고 도는 것이다. 지금 힘들다고 해서 낙심할 필요는 없다.

최선을 다해 오늘을 충실히 살려고 노력하는 사람이라면 미래 어느 날 내 몫의 행복이 반드시 있다.

미래는 현재 삶의 결과이고 현재는 과거 삶의 결과이기 때문이다.

열심히 노력한 삶은 노력한 만큼의 대가를, 노력하지 않은 삶은 그 만큼의 대가가 행복으로 불행으로 미래의 어느 날 슬금슬금 내 앞에 멈추게 된다. 그 때 과거를 후회하며 한탄해 봐야 소용이 없다.

현재 내가 무슨 생각을 하면서 어떻게 사는가에 따라 훗날 행복의 내 몫이 정해진다.

현재를 불평하기보다는 있는 그대로의 현실을 받아들이며 과거보다도 더 치열하게 죽을 힘을 다해 살아낼 때 미래의 어느 날 성공이라는 인센티브가 붙은 행복을 만나게 된다.

과거에 불행한 순간이 많았다면 과거와 다른 오늘을 치열하게 살아내는 것, 그것이 미래에 내가 더 많이 행복해지는 법이다.

얼마나 행복한지는
얼마나 행복해지려고
노력하는지에
달려 있다.

행복은 삶의 과정에서 만난다

그리스 철학자 아리스토텔레스는 '행복은 그 자체로 사람들이 욕망하는 유일한 것'이라고 했다.

사람들이 돈에 집착하는 이유도 부유해지고 싶어서라기보다는 행복해지고 싶어서 부를 추구하는 것이고 권력을 원하는 것도 그것이 행복을 가져다준다고 믿기 때문이다.

행복은 역사가 시작되면서부터 모든 사람이 추구하는 최고의 가치이자 삶의 목표이다.

삶에 있어 최고의 가치는 행복이라고 대부분 말한다. 물론 행복의 본질과 행복을 얻는 방법에 대해서는 행복의 기준에 따라 다르다.

행복에 있어 공통적인 생각은 행복한 삶의 아름다움을 체험하고 싶다면 자신의 내면 깊은 곳에 자리한 가치와 믿음에 따라 삶을 살아야 한다는 것이다.

다른 사람이 나에게 바라는 것이 아닌, 나 자신이 삶에서 진정으로 원하는 것을 추구하는 삶을 살아가는 것을 말한다.

사실 이렇게 사는 것이 쉽지는 않다. 거미줄처럼 얽혀있는 인간관계속에서 수많은 영향을 주고받는 환경에서는 쉽지가 않다.

어쩌면 현실과 다른 이상의 삶을 추구한다고 느끼는 사람도 있을 것이다. 사람들은 누구나 바라는 일반적인 성공이 행복을 가져다줄 것이라고 기대한다. 그러나 성공과 개인의 행복은 별개의 것이다.

큰 평수의 집, 근사한 차, 높은 지위는 그것을 지키고 유지하기 위해서 남들보다 바쁘고 힘들게 살아야 한다. 행복을 이루는데 필요조건은 될 수 있을지 모르나 필요충분조건은 분명 아니다.

행복은 내가 가진 지위나 성공에 절대적 우위를 두지는 않는다. 엄청난 큰 저택에 살든, 수십억짜리의 자동차를 가졌든, 무슨 일을 하든 행복에 큰 영향을 주지는 않는다. 단지 편리한 삶의 질을 높여줄 뿐, 100퍼센트 행복한 사람이라고 단정 지을 수는 없다. 예를 들어 거액의 복권에 당첨되면 한두 달은 기쁘겠지만, 몇 년이 지나고 나면 잠깐 찾아온 행복도 사라진다.

얼마나 행복한지는 얼마나 행복해지려고 노력하는지에 달려 있다.

나에게 맞는 일, 그리고 내가 좋아하는 일을 찾아서 해야 행복은 나를 비껴가지 않는다.

지금 하는 일이 천직이라 생각하고 즐겁게 일하면 행복은 내 곁에 머물 것이고, 지금 하는 일을 곧 포기하고 다른 일을 할 거라 생각하며 일을 한다면 행복은 나를 비껴갈 것이다.

내 행복은 다른 사람이 가져다주지 않는다. 내가 찾아 사랑하며 일을 할 때 행복의 주인공이 된다. 무작정 노력하지도 않고 다른 누군가가 안겨 주리라 생각하고 기다리는 사람에게 행복은 찾아가지 않는다.

어떤 피부색을 지녔든, 성별이 무엇이든, 학력이 어떠하든, 결혼을 했든 안했든, 키가 작든 크든, 돈이 많든 적든 인생의 행복은 나 자신의 책임이고 내 노력의 대가일 뿐이다.

행복은 오로지 정성을 다한 내 생각, 내 행동에서 시작하여 끝을 맺고 종착역이 아니라 삶의 과정에서 만난다.

단순한 것이 쉬운 것이다

성공한 사람이든 성공하지 못한 사람이든 삶은 불투명하기 때문에 힘들다.
그러나 '삶이 힘들다, 힘들어 죽겠다, 짜증난다, 미치겠다.'라는 말이 습관
이 돼버린 사람에게는 삶이 지옥일 뿐이다.

삶이 힘들어질수록 생각하고 행동하는 데 있어 어린 아이처럼 긍정적으로
단순해질 필요가 있다.

느리게 단순하게 사는 것이 행복이란 말도 있다. 진정한 행복은 평범하게
사는 것이고 평범하게 살아가는 기준은 단순해지라는 것이다.

다시 말해서 먹고 입고 자는 데 꼭 필요한 것들만 챙기면 된다.

조금 더 잘 먹고 잘 입고 잘 자기 위한 욕심이 화를 불러내어 복잡해지고
두려워지고 힘들어진다.

사람들이 여행을 떠날 때 배낭에 세면도구, 트레이닝복, 지갑만 챙겨가는
사람이 있는 반면에 간식, 가재도구, 심지어 먹을 물까지 챙겨가는 사람도
있다.

다 챙겨가는 것이 완벽한 사람이라고 고집할지 모르지만 여행은 잘 먹고

잘 구경하기 위해 떠나는 것이 아니라 말 그대로 지친 몸과 마음을 위로받으며 지나온 시간을 반성하고 다시 계획하는 힐링의 시간이다. 아픔을 더 키우고 오래도록 여행의 후유증을 앓는 것은 여행의 목적이 아니다.

편안하고 행복한 삶에는 일 년에 몇 차례 정리의 시간이 필요하다. 그때가 쉼의 시간이고 힐링의 시간이고 재충전의 시간이다. 그것이 여행의 목적이다.

최고 정상에 오르면 반드시 내려와야 하는 등산처럼 삶에도 꼭짓점에 이른 후에는 더 이상의 오르막은 없다.

내리막으로 접어들면 복잡하게 생각하던 것들을 단순화시켜야 한다. 비우면서 버리면서 내려놓으면서 내리막을 걸어야 한다. 복잡해질수록 삶은 더 힘들고 고단하게 된다.

일, 인간관계, 재산, 가족관계, 기타 살면서 일어나는 모든 문제를 단순하게 생각하고 처리하면 많이 잃을 것도 적게 잃는다.

능력은 많지 않은데 자꾸만 높은 곳으로 오르려고 하니 삶이 복잡해지고 고달픈 것이다. 나의 능력을 제대로 파악하고 눈높이에서 모든 것을 바라보고 처리할 때 삶은 단순해지고 물 흐르듯 편안해진다.

가진 것들 모두 챙겨서 여행을 떠나지 말고 꼭 필요한 것들만 챙겨 떠나라. 몸이 가벼워야 마음도 가벼워지는 법이다.

수영을 할 때 가방을 메고 수영하는 사람은 없다. 최대한 가벼운 몸으로 수영을 해야 빨리 그리고 힘들지 않게 멀리 갈 수가 있다.

삶의 목적지가 어디든 무거운 짐을 어깨에 지고는 먼 곳을 오래갈 수가 없다. 삶의 짐이 많고 무거울수록 만족과 행복은 멀어진다.

개인적이든 직업적이든 삶의 복잡하고 불필요한 짐을 과감히 내려놓아야 욕망도 줄어들어 몸도 마음도 편해진다.

성공한 사람, 최고의 부자가 반드시 행복한 것은 아니다. 적당하게 갖는 것이 평범하게 사는 길이고 평범이 바로 행복이다.

나를 힘들게 하는, 그래서 한 발자국도 앞으로 나아갈 수 없게 만드는 일, 돈, 인간관계를 단순화시켜 내 에너지를 빨아먹는 헛된 욕망의 짐을 내려놓자.

아이처럼 단순하게 생각하고 행동하는 그 삶이 만족이고 행복이다.

행복의 마스터 키는 나에게 있다

한 번 뿐인 삶을 잘 살기 위한 소망은 누구나 같다.

나의 흔적을 아름다운 자취로 남기기를 바란다. 그 어떤 사람이든 모든 사람의 마음을 만족시킬 수는 없다.

만족한 삶을 살기 위해서는 누구에게 의지하는 것이 아니라 삶의 주도권을 내가 쥐어야 한다. 내 인생의 주인은 나이고 나의 보호자도 오로지 나다. 내가 주인이 되어야 목표와 꿈이 이루어진다.

꿈을 이루는 목적은 행복해지기 위해서다. 많이 가졌다고 행복하고 못 가졌다고 불행한 것은 아니다. 내가 어떤 것을 가치 있게 생각하느냐에 따라 행복의 기준이 달라진다.

행복의 가치 기준을 돈이라고 생각하는 사람이 있고, 명예라고 생각하는 사람이 있고, 돈도 명예도 상관이 없이 좋아하는 일을 가치의 중심에 두는 사람도 있다. 그 기준에 따라 행복하느냐, 행복하지 않느냐가 결정된다. 행복의 기준이 같을 수는 있지만 만족도는 다르다.

누구나 이루고 싶은 소망은 자신의 힘으로 이루어야 한다.

내가 노력하지 않고 내가 원하는 꿈을 다른 사람이 가져다주지는 않는다. 부모도 형제도 친구도 꿈을 이루는 데 간접적으로 도움을 줄 수는 있어도 직접 꿈을 실현시켜 줄 수는 없다.

나의 삶이기 때문이다. 오로지 나만이 꿈을 이루는 과정을 경험하고 그림을 그리듯 여백을 채우듯 차근차근 완성하는 거다.

삶의 질을 높이고 행복지수를 높이는 데는 무수한 요인이 있지만 97퍼센트는 나의 몫이다.

97퍼센트도 중요하지만 3퍼센트의 소금이 바닷물을 썩지 않게 하듯 주변의 3퍼센트의 도움도 소중하다. 그러나 가장 중요한 것은 97퍼센트 나의 땀과 수고이다.

흐르고 머무는 자연의 섭리 속에 누구는 무엇이 되어 남게 될지 아무도 모른다.

가장 중요한 것은 내 전부를 걸었을 때 내 것으로 될 확률이 높다는 것이다.

행복을 이끄는 마스터 키는 나 자신이라는 사실을 명심하자.

행복을 이끄는
마스터 키는
바로 나 자신이다.

목표와 목적이 있는 삶을 살아라

인디언들이 기우제를 지내면 반드시 비가 내린다고 한다. 그 이유는 인디언들은 비가 내릴 때까지 기우제를 지내기 때문이다.

행복도 마찬가지이다. 꿈이 이루어지기를 바라고 행복해지길 원한다면 요행이나 운에 기대지 말고 목표한 일을 간절하게 실천하면 된다.

지금 내가 하고 있는 일을 열심히 하며 이 순간을 마지막이라고 생각하고 올인할 때, 꿈도 행복도 만날 수 있다.

꿈과 행복은 마치 땅 위에 생긴 길처럼 길을 만들어 걸어가는 사람이 그 길의 첫 주인이 된다. 내가 만들고 열어가는 것이 내 꿈이고 행복이다. 그리고 '무엇이 되어 어떻게 살겠다'는 희망적인 목표와 목적이 있어야 한다.

그것을 향해 꾸준히 노력하는 삶에게 꿈도 행복도 손을 내미는 것이다.

"하늘은 스스로 돕는 자를 돕는다(Heaven helps those who help themselves)." 는 말처럼 꿈을 찾아 행복을 위해 땀방울을 흘리며 일을 할 때에 기쁨과 행복을 만나게 된다.

최선을 다해 일한 결과 꿈이 이루어졌다면 성공한 것이고 열심히 즐겁게 일을 했다면 행복도 만난 것이다.

다시 말해서 행복은 삶의 종착역에서 만나는 것이 아니라 즐겁게 일하는 과정에서 만나기 때문이다.

행복은 대단한 것이 아니다. 내 가까이에 내 눈높이에 내 손이 닿는 곳에 있으니까.

조금만 신경 써서 노력하면 일상에서 만나는 게 행복이니까.

행복은 불행과 쌍둥이로 태어난다

인디언 속담에 "그렇게 될 일은 언젠가는 그렇게 된다."는 말이 있다.

사랑하지 않으려 해도 사랑에 빠지고 영원히 사랑하겠노라고 맹세해도 뜻대로 되지 않는 것이 사랑인 것처럼 불행하지 않으려고 발버둥 쳐도 한평생 살면서 여러 번 불행에 늪에 빠지게 된다. 단지 똑같은 불행을 겪지 않도록 노력하며 정성을 다해 사는 수밖에 없다.

과녁을 출발한 화살이 불행의 화살이 되어 어디에 꽂힐지 언제 멈출지 아무도 모르는 것이 삶이다.

영국의 시인 바이런이 "행복은 불행과 쌍둥이로 태어난다."고 말한 것처럼 불행했던 과거가 있기 때문에 오늘은 행복할 수가 있는 것이고 오늘 행복했기 때문에 미래 언젠가는 다시 불행해질 수가 있다는 것이다.

사는 동안 진실한 마음으로 최선을 다하는 방법 밖에는 없다.

행복의 조건

어린 시절 어른들에게 자주 들었던 질문이 있다.

"너는 커서 뭐가 되고 싶으냐?"

생각해보면 꿈이 무엇이고 무엇이 되고 싶은가의 귀결점은 행복이다.

세상 사람들이 말하는 행복(Happiness)은 '우연히 일어나다(Happen)'에서 유래된 말이고 기독교인들이 말하는 축복(Blessing)은 '피를 흘리다(Bleed)'가 어원이라고 한다.

둘을 합쳐본다면 행복은 '예상치 않은 시점에서 만나는 신의 축복'이란 뜻이 된다. 그러니까 행복은 우연히 주어질 수도 있지만 반대로 우연히 없어질 수도 있다는 말이다.

그것은 어떤 외부적인 변화에 의해 언제든 파괴될 수 있는 행복이요, 영원을 약속하지 못하는 행복이다.

우연히 나를 찾아온 'happiness'는 어느 날 갑자기 'happening'으로 끝나버릴 수도 있다. 행복을 바라면서도 가만히 앉아 누가 행복을 가져다주기를 기다린다면 그것은 요행을 바라는 것과 같다.

영국의 한 일간지에서 가장 행복한 사람이 어떤 사람인가에 대해 설문조사를 했는데 1위는 이제 막 모래성을 완성한 아이였고, 2위는 아이를 목욕시킨 후 아이와 눈을 맞추며 웃는 엄마였고, 3위는 공예품을 완성한 후 즐거워하는 목공예가였고, 4위는 죽어가는 한 생명을 구한 외과의사였다고 한다.

이 조사 결과를 보면 결국 행복은 나와 먼 곳에 있는 것도 아니고 거창한 것도 아닌 내가 하는 일, 나와 함께하는 사람, 내가 자주 머무는 평범한 일상에서 마주친다는 사실을 알 수 있다.

비록 행복은 돈으로 살 수도 없지만 소중하게 여기지 않으면 잃어버리기도 쉬운 것이다.

행복을 잡는 조건이 있다면 카르페 디엠(Carpe diem), 즉 이 순간을 충실하게 사는 것, 설사 불행이 찾아오더라도 "이 또한 지나가리라(This too shall pass away)"는 것을 명심하고 진심을 다해 오늘을 살아내면 삶의 과정에서 행복한 순간을 많이 만날 것이다.

만족하는 삶이 행복이다

글자와 글자 사이 문장과 문장 사이에 숨을 쉬는 쉼표와 띄어쓰기가 있어야 균형감각을 이루듯 삶은 매일 일어나는 일상이고 일상에 의미를 부여하며 걷고 달리고 때로는 쉬면서 재충전을 해야 한다.

무작정 열심히 사는 것이 아니라 '어떻게 살고 싶다, 어떤 존재가 되고 싶다'는 목적과 희망이 들어가는 삶이다.

즉, 일상생활을 하는 '나'와 의미 있게 살고 싶은 '내안의 나'의 조화로운 융합이 중요하다.

영국 속담에 "스스로 행복하다고 생각하는 사람이 행복하다."는 말이 있듯이 남이 만족하는 것이 아니라 내가 만족하는 삶이 행복이다.

행복은 대단하지 않다. 고민이 많지 않은 상태, 결핍의 상태에서 자유로워지는 상태, 내일 당장 출근해서 급하게 해결해야 할 일이 없고 점심시간 공원을 산책하며 눈에 들어오는 세상 풍경을 마음으로 읽어 가며 커피를 마시고 음악을 들으며 만족하는 상태를 말한다.

Part 3

잠깐이다,
네 인생을
살아라

그대에게 띄우는 편지

소리 내어 울고 싶은데
그것도 맘대로 할 수가 없습니다

숨어들 곳 한군데 있다면
지금이라도 당장 뛰어가고 싶은데
알 수 없는 매달림 때문에
하염없이 서글퍼지기만 합니다

사방을 둘러보면 그 어딘가에는
내 눈물을 닦아주고 내 슬픔 감싸줄 이 있겠지만
정작 나를 이해한다며 등이라도 두들겨 주며
날 위로해 주는 사람이 있으면 좋겠습니다
내가 사랑하는 당신이
나를 사랑하는 당신이,
당신이 그런 사람이랬으면 좋겠습니다

순간적인 홧김에

그 어딘가 찾아가면 반겨줄 이 많겠지만

끝까지 내 편이 되어 바람막이로

든든하게 지켜 줄 사람이 있으면 좋겠습니다

내가 사랑하는 당신이

나를 사랑하는 당신이,

당신이 그런 사람이랬으면 좋겠습니다

이런 축축한 기분일 때

소리 질러도 미안하지 않고

달려가 안겨도 부담스럽지 않고

설사 기절을 해도 뒷일이 걱정되지 않는

그런 사람이 있으면 좋겠습니다

내가 사랑하는 당신이

나를 사랑하는 당신이,

당신이 그런 사람이랬으면 좋겠습니다

삶에는 우연이 없다.
그 모두가 이유가 있고
예정되어 있다.

잠깐이다, 네 인생을 살아라

인도 속담에 "사랑이 머리에서 가슴까지 내려가는데 30년이 걸린다."는 말이 있다.

사실 머리에서 가슴까지 거리는 30센티미터밖에 되지 않는다. 이 말은 차가운 머리에서 따뜻한 가슴으로 내려와 감동을 줄 때까지 오랜 시간이 걸린다는 뜻이다.

원하든 원하지 않았든 세상에 던져졌다고 해서 세상을 외면하고 마음 가는 대로 살 수는 없다.

나에게 부여된 책임과 의무를 다할 때 나의 권리도 주어지는 것이다.

인생은 장애물 경기와 같다. 수많은 장애물을 넘고 또 넘어야 한다.

정신없이 내달렸는데 막다른 길 앞에 설 때도 있다. 그래도 포기하지 말고 돌아 나와야 한다. 삶의 방향을 찾으려면 길도 잃어야 한다. 그래야 기회가 주어진다.

꿈을 찾아 마흔이 지나고 나서야 대학에 입학하는 사람도 있고 음대 교수 직을 버리고 프랑스로 요리 공부를 위해 떠나는 사람도 있다.

도전하는 데 늦은 나이는 없다. 빠른 길도 없고 하룻밤에 이루어지는 것도 없다. 좋아하는 꿈을 찾아 도전하는 것이 해답이다.

사춘기 시절 롤모델이었던 앵커가 방송에 나온 적이 있다.

그때 나는 "나도 저런 사람이 되었으면……." 하고 바랐던 적이 있다. 그러나 스무 살이 되어서야 화려한 월계관은 아무나 쓰는 것이 아니라는 것을 알았다.

에이브러햄 링컨은 이렇게 말했다. "좋은 일은 기다리는 사람에게도 오지만 끊임없이 찾아나서는 사람의 몫이다."

그렇다면 꿈을 어떻게 이룰까?

우선 방향과 목적지가 나와 같아야 한다. 그러고 나서 잠재된 최대한의 재능을 끌어내어 도전하면 된다. 화려한 스펙이 아니어도 성장 환경이 좋지 않아 대단한 학벌이 아니어도 이름 석자를 남길 수 있는 귀한 사람이 된다. 물론 재능과 능력 그리고 땀을 200퍼센트 활용하고 수많은 시행착오와 실패를 경험해야 만난다.

꿈을 이루었다고 해서 현실에 안주해버리고 노력하지 않으면 이룬 꿈도 빛을 발하지 못한다.

위대한 예술작품을 보더라도 몇 개월 작업으로 완성된 것보다 수십 년의 시간을 투자한 작품이 가치가 있는 것처럼 지금 닥친 일도 중요하지만 멀리 내다보고 꾸준히 가야 한다.

나를 '귀한 사람으로 만드느냐, 하찮은 사람으로 만드느냐'는 오로지 생각과 행동에 달려 있다.

한때 나도 앞에 주어진 일만 열심히 하면 원하는 것을 이룰 줄 알았다. 그러나 거듭된 실패를 반복하면서 좌절도 하고 방황도 했지만 '할 수 있다'는 올곧은 확신 하나로 버텼기에 기대치를 달성할 수 있었다.

자신과의 약속만큼 철저한 가르침은 없다. 뼈아픈 경험은 반드시 삶의 지혜가 된다.

행복은 살아내는 자, 이겨내는 자의 몫이다.

수없이 대파질을 하면서 소금을 햇볕에 내어 말리고 거두기를 수십 번 해야 기다리던 소금이 염부의 손에 채워지는 것처럼 치열하게 도전하고 실패를 거듭해야 한다.

삶에는 우연이 없다. 그 모두가 이유가 있고 예정되어 있다.

고단하고 때로는 환희에 찬 삶의 무늬도 돌아보면 어느 것 하나 소중하지 않은 것이 없다. 최고의 순간이 내일은 최악의 순간으로 찾아오고 최악의 오늘이 머지않아 최고의 날로 바뀌는 것이 삶이다.

누구나 성공하기 위해 이십 대의 특권이던 자유와 낭만, 삼십 대의 삶의 유희까지 유예시키면서 꿈을 향해 달린다.

꿈꾸던 것을 이루고 나면 또 다른 꿈이 앞에 서 있다. 꿈을 꾸는 한 꿈 너머에는 꿈이 있다. 즐거운 마음으로 도전하자. 하는 일을 즐거움으로 만들지 못하면 삶은 고통이다.

꿈을 이루는 첫 번째 조건은 방향이다. 원하는 것이 무엇이고 꿈꾸는 직업이 무엇인지 정해야 한다. 무작정 '유명해지고 싶어'가 아니라 '노래를 해서, 춤을 춰서, 글을 써서'와 같은 충분한 조건을 갖추어야 한다.

방향이 정해지고 조건이 갖춰지면 과감하게 속도를 내야 한다. 그러고 나서 5년, 10년 주기로 피드백을 하며 업데이트를 시켜야 한다.

사막을 여행할 때 누구나 별을 보고 길을 찾지만 꿈을 이루기 위해서는 내 안의 소리에 귀를 기울여야 한다.

강물이 바다로 흘러가는 것을 포기하지 않듯이 치열하게 도전하면 꿈은 이루어진다.

정성을 기울인 땀과 확신이 꿈을 실현시킨다. 행복도 꿈을 이루는 과정에서 만난다.

높이 오르기 위해 치열하게 배우고 익혔듯이 내려올 때에도 배우고 익히며 꾸준히 반복학습을 하자.

꿈의 실현은 기다림과 아픈 상처의 견딤이다.

"이걸 가진다면 나는 행복할거야, 이 일만 해결된다면 걱정이 없겠어."라고 말하지만 갖고 싶은 걸 가지고 문제가 해결되고 나면 또 다른 것을 욕망하고 새로운 문제가 생기게 마련이다.

강물이 바다로 흘러가는 이유는 바다가 가장 낮은 곳에 있기 때문이다. 행복도 마찬가지다.

높은 곳에 저 멀리에 있다고 생각했던 마음을 내려놓아야 행복을 일상에서 만나게 된다. 지나고 보면 방금 내린 커피 한 모금, 장마 뒤의 햇살, 가족에게 받은 장미 한 송이, 판매사원이 건넨 작은 초콜릿 한 조각이 행복일지도 모른다.

"인간은 자신이 결심한 만큼 행복해진다."는 링컨의 말처럼 최선을 다해 살아왔지만 대단한 사람이 되어 있지 않더라도 현재의 나에 만족하며 사는 것이 행복이다.

수레의 주인이 되어 끌어라

춤추라, 아무도 바라보고 있지 않은 것처럼

사랑하라, 한 번도 상처받지 않은 것처럼

노래하라, 아무도 듣고 있지 않은 것처럼

일하라, 돈이 필요하지 않은 것처럼

살라, 오늘이 마지막 날인 것처럼

류시화 시집 〈사랑하라 한 번도 상처받지 않은 것처럼〉中

예술 작품은 머리가 아닌 가슴으로 느껴야 한다. 작가도 시류에 타협하지 않고 감정에 충실할 때 독자의 마음을 움직일 수 있다.
작품은 작가가 삶에 얼마나 깊숙이 젖어들었느냐에 따라 독자와의 간격이 달라진다.
삶의 깊이는 '진정성과 믿음'을 의미한다.

문학이든 그림이든 세상에 존재하는 예술 작품은 작가의 혼이 담겨 있다. 다만 얼마나 깊이 얼마나 진실되게 담겨져 있느냐가 중요하다.

인생도 그와 마찬가지다. '진정성과 믿음'이 가득한 삶은 행복하다.

십수 년을 온전한 작가로 살고 있는 내 삶의 모토도 '진정성과 믿음'이 양 날개가 된다. 비록 영혼을 담아 쓴 글이 독자들에게 큰 반응을 보이지 않는다 해도 정성을 다한 작품에는 후회가 적다.

가끔 인생이 수레바퀴를 닮았다는 생각이 든다. 바퀴가 멈추면 수레는 움직이지 않는다. 마찬가지로 내 삶도 내가 움직이지 않으면 멈추게 된다. 내가 삶이라는 수레를 끌어야 바퀴는 돌아간다. 오로지 '진정성과 믿음'을 가지고 끌어야 한다. 요행을 바라면 수레는 뒤집힌다. 힘이 부쳐 끌 수 없는 상황이 오더라도 내가 죽을 힘을 다해 끌어야 그 누군가 뒤에서 밀어준다.

목적지에 도착하는 99퍼센트는 나의 땀과 노력이고 1퍼센트가 지켜보는 누군가의 힘이다.

무엇을 하든 '진정성과 믿음'이 양 축이 되어 수레를 끌 때 수레바퀴는 활기차게 돌아간다.

영화 〈죽은 시인의 시회〉에 보면 이런 말이 나온다.

"누구나 몰려가는 줄에 설 필요는 없다. 자신만의 걸음으로 자기 길을 가거라."

인생이라는 수레의 관찰자가 되지 말고 주인이 되자. 내가 끌고 내 걸음으로 나아가자.

그것이 바로 행복이다.

청춘의 마음으로
돌아가
그때 바라보던 하늘,
그때 닿은 곳의 땅을
생각하며 도전하라.

때로는 달처럼, 때로는 별처럼
스스로 빛을 내라

퇴고를 하다 말고 밖으로 나가 바람도 없는 하늘을 올려다보았다.

채워지지 않은 욕망이 남아 있는지 수줍어하며 초승달이 별 하나를 붙들고 있다.

달 아래서 몸을 드러내는 별, 강변을 거니는 연인들의 모습에서도 늦가을의 쓸쓸함이 묻어났다.

하늘에 떠 있는 달과 별이 간격을 좁히지 못하는 것처럼 혼자여도 외롭고 둘이 함께해도 때로는 외롭다.

사랑을 하여도 사랑을 하지 않아도 사색에 빠진다.

달은 보름달이 될 거란 희망이 있기에 서서히 차오르는 것처럼 사람도 희망이 있기에 꿈을 꾼다.

시인 정호승은 '아무도 반달을 사랑하지 않는다면 반달이 보름달이 될 수 있겠는가'라고 노래했다.

반달이 보름달이 될 수 있는 희망이 있고 보름달이 또 초승달이 되는 아련함이 있기에 자만하거나 오만하지 않는다.

사람도 마찬가지다. 삶의 최고의 행복은 최상의 조건을 갖추었을 때라야 가능하다. 욕심내지 않은 소박한 식사, 규칙적인 운동이 건강을 지켜주듯 긍정적인 생각과 분수에 맞는 욕망을 향해 도전할 때 삶은 평탄하다.

루이스 캐럴이 쓴 〈이상한 나라의 앨리스〉에 보면 이런 말이 나온다.

"도대체 나는 누구지? 아이참, 그걸 제일 모르겠어(Who in the world am I? Ah, That's the great puzzle!)."

그 어떤 삶이든 내가 누구인가를 정확히 알고 나서 꿈을 갖되 분수에 맞게 가져야 한다.

내 안의 욕심이 커져 폭발하기 전에 내려놓고 비워야 한다.

달은 스스로 빛을 내지 못한다. 태양광선을 받아야 빛을 낸다. 달과 같은 존재가 인간이 아닐까. 혼자 있으면 빛이 나지 않지만 둘이서 여럿이서 함께 할 때 빛을 내는 존재이다.

계절이 바뀌어도 별은 모양을 바꾸지 않는다. 그리고 어디서든 빛을 낸다. 수만 킬로미터 밖에서 빛을 잃지 않는다.

별빛의 화려함을 보는 듯 달 속에 감춰진 그늘을 보는 듯 삶은 오묘하다.

아픔과 기쁨 동전의 쌍둥이처럼 함께 하기에 살만하지 않은가.

오늘은 누군가의 힘으로 빛을 내는 달도 되어 보고 내일은 스스로 환하게 세상을 비추는 별이 되어 보라.

한 번쯤 세상의 화려한 주인공이 되어 보라. 삶의 최고의 환희를 안으리니.

누구도 대신 걸어줄 수 없는 삶이다

이른 아침 '살기가 힘들다'며 삶을 내려놓은 야구 선수의 절규 어린 외침이 세상을 놀라게 했다.

한때는 무엇 하나 부족함 없이 살았을 사람. 그러나 삶의 장애물 앞에 무릎 꿇고 홀연히 떠나갔다. 아마도 벼랑 끝 삶을 숱하게 견디다가 더 이상 출구가 보이지 않아 선택했을 그 죽음.

폭풍 같은 비난의 화살을 온몸으로 견뎠을 가여운 사람. 연민의 눈물이 쏟아진다.

이제는 내가 쏟아낸 태반 같은 비난을 거둬들이고 싶다. 그리고 상처 받은 그의 눈물을 진정한 용서로 닦아주고 싶다. 화려했던 과거 그의 존재감을 지켜주고 싶다.

용서와 포옹만이 그의 넋을 위로할 것 같다. 미안하고 안타깝다. 그에게 던진 비수 같은 질타가 미안하고 용기를 주지 못한 세상이 안타깝다.

요한 볼프강 폰 괴테가 쓴 〈파우스트〉에 보면 "인간은 노력하는 한 실수하게 되어 있다(For while man strives he errs)."고 했다.

생각해보면 인생에 있어 행복은 평지에 한꺼번에 쏟아지는 비가 아니다. 내가 원하는 것이 무엇인가를 정확히 알고 나서 한 줄 두 줄 그렇게 모이고 쌓여 한 권의 책이 되는 것처럼 울퉁불퉁한 삶의 장애물을 몸으로 부딪쳐 밀어내며 지나가야 한다.

한평생을 살다보면 여러 번 돌뿌리에 걸려 넘어지게 된다. 그러나 일어나야 한다. 열심히 살다보면 고통도 지나가게 되어 있다. 불행 뒤에는 수호천사 같은 행복이 찾아와 날개를 달아준다.

인생은 슬픔, 기쁨, 고통, 웃음 등이 뫼비우스의 띠처럼 연결되어 처음과 끝을 이어간다.

나도 한때 행복은 '선택 받은' 사람의 몫이란 생각을 했다. 그러나 철이 들고 되고 안 되는 숱한 일을 겪으면서 행복은 치열하게 살아내는 자의 몫이라는 것을 깨달았다.

행복이라는 것은 대단한 것이 아니어서 살아있는 모든 사람에게 찾아간다. 행복의 크기와 내용은 달라도 일상에서 마주치지만 행복이라는 것을 모르고 지나칠 뿐이다. 한참 지나고 나서야 그것이 행복이라는 것을 알게 된다. 작가인 내가 허름하지만 햇볕이 드는 작은 방에서 키보드를 토닥이며 글을 쓸 때 행복을 만나듯 어떤 사람은 맛있는 음식을 먹으면서 행복을 만나고 아름다운 음악을 들으면서 행복을 만난다.

눈을 감았다 떠도 잠을 자고 일어나도 설사 성형수술을 한다 해도 내가 '나'라는 사실은 변하지 않는다. 죽을 때까지 고스란히 그 모습 그대로이다. 나의 정체성을 인정하라. 어떤 시련이 오더라도 삶의 끈을 놓지 마라. 무쏘의 뿔처럼 당당히 나아가라. 열심히 산만큼, 행복은 찾아온다.

치열하게 나를 사랑하고 또 사랑하라. 그래서 온갖 어려움을 이겨내라. 큰 행복을 위하여.

순례의 시간이 정지될 때까지
치열하게 살아라

장 그르니에의 작품 〈섬〉에 보면 다음과 같은 내용의 글이 있다.

"저마다 일생에는, 특히 그 일생이 동터 오르는 여명기에는 모든 것을 결정짓는 한 순간이 있다. 그 순간을 다시 찾아내기는 어렵다. 그것은 다른 수많은 순간들의 퇴적 속에 깊이 묻혀 있다. 다른 순간들은 그 위로 헤아릴 수 없이 지나갔지만 섬뜩할 만큼 자취도 없다. 그것은 유년기나 청년기 전체에 걸쳐 계속되면서 겉보기에는 더할 수 없이 평범할 뿐인 여러 해의 세월을 유별난 광채로 물들이기도 한다."

학창시절 문학을 공부할 때 이 문구를 읽었을 때는 깊은 의미를 깨닫지 못했다. 삶의 쓴 맛, 단 맛을 몸으로 체험하고 나서야 사는 것이 누구나 비슷하다는 걸 알았다.

기회는 축복이지만 잡지 않으면 날아가 버리는 새처럼 영원하지 않다.

나이가 들수록 기회는 줄고 잡기도 쉽지 않다. 나를 찾아온 기회도 잡지 않고 바라만 보고 있으면 기회는 연기처럼 사라진다. 잡으면 기회가 되지만 놓치면 허황된 꿈에 불과하다.

언젠가 찾아올 죽음까지도 생각하는 나이가 되면 눈물이 마르고 우수의 눈빛이 된다. 눈물도 흔하지 않게 되고 슬픔에 대해 눈물 없이 침묵을 지킬 수 있게 된다. 단단한 마음의 근육이 생겼기 때문이다.

동화 속 소년, 소녀처럼 어린 시절 유리창에 꿈의 글자를 적으며 '후후' 불던 기억, 교회에서 울려 퍼지는 청아한 피아노 소리를 들으며 꿈을 키웠던 소년, 소녀가 중년이 되어 지나간 추억을 되새기며 웃고 있다. 이보다 더 여유로운 삶이 있을까.

살아온 시간 전체를 주홍빛으로 붉게 태웠다면 그 인생은 '작은 천국'이나 다름없다. 그런 날들이 있었기에 삶의 고비를 거뜬히 넘기고 남아 있는 기회를 찾아 앞으로 나아가는 거다.

떠오르는 해보다 지는 해에 더 의미를 두어야 할 나이가 되어도 여전히 도전하는 치열함이 존재하는 것은 청소년기, 청년기, 장년기를 배고프면서도 꿈을 이루기 위해 불꽃을 태웠기 때문이다. 그 시절의 치열함이 또 다른 기회의 '불꽃'을 잡기 위해 도전하게 된다.

일이든 사랑이든 그 무엇이든 나에게 찾아온 기회라고 여겨지면 죽을 힘을 다해 잡으라. 그래야만 더 이상 후회하지 않을 것이고 시간을 잃어버리고 후회하는 어리석은 주인공은 되지 않는다.

나이가 몇 살이든 중요하지 않다. 기회는 학벌, 나이, 직업, 돈, 성격, 외모와 상관없이 찾아온다. 때문에 마음속의 꿈의 그림자를 쫓는 순례의 시간이 정지될 때까지 치열하게 살아라.

청춘의 마음으로 돌아가 그때 바라보던 하늘, 그때 닿은 곳의 땅을 생각하며 도전하라. 그러면 반드시 그때 만난 화려했던 꿈의 그림자를 다시 만날 테니까.

불완전한 것을 사랑하며 살 때
삶은 희망적이다

최첨단 과학이 아무리 발달하였다 해도 사람이 천둥과 번개, 홍수와 가뭄, 그리고 지진 같은 것을 정복하지 못하는 것처럼 사람의 내면에도 스스로를 완전히 통제할 수 없는 무서운 힘이 있다.

마치 카인이 동생 아벨을 죽인 거라든지 로미오와 줄리엣을 죽음으로 몰아넣은 것, 그리고 자식이 부모를 죽이는 패륜적인 행위 역시 사람이 이해할 수 없는 무서운 힘이 작용한 것은 아닐까?

사람이나 자연이나 완벽을 추구하지만 완벽해지지는 않는다.

사람이 태어나 일정한 시간을 살다가 예고 없이 떠나가고 태양이 아침에 화려하게 솟았다가 지는 일을 반복하는 것은 자연이나 인간이나 스스로를 통제할 수 없는 보이지 않는 힘이 작용하기 때문이다.

이 말은 사람도 자연도 불완전하다는 의미이다. 그럼에도 불구하고 완벽하려고 노력해야 하는 존재가 사람이다.

뜨는 태양을 보기도 하고 때로는 지는 해도 보아야 하는 것이 인생이니까.

한평생을 좋아하는 것만, 하고 싶은 일만 하고 살 수는 없다. 좋고 싫음을 떠나 나에게 마주한 사람, 사물, 일, 그리고 현상들을 기쁨이든 슬픔이든 껴안으며 살아야 한다.

진정한 삶의 가치는 불완전함을 솔직히 받아들이며 겸허한 자세로 내 앞에 펼쳐진 것들을 투명하게 냉정하게 보아야 한다. 그래야 살면서 상처를 덜 받고 죄를 덜 짓고 평범하게 살 수 있다.

완전한 것을 사랑하기는 쉽지만 불완전한 것을 사랑하기는 어렵다. 그러나 불완전한 나를 겸허히 받아들이고 사랑하며 완전해지려고 노력하는 자세를 갖출 때 삶은 희망적이다.

불완전한 부분을 보듬어주고 넘어지면 일으켜 세워주고 싶은 마음, 그 마음이 희망을 품은 진정한 사랑이다.

변화하는 바람직한 나의 모습을 바라보는 것, 그것이 평범한 삶의 최고의 가치가 된다.

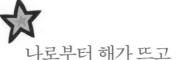

나로부터 해가 뜨고
달이 뜬다는 것을 기억하라

나에게만은 시련이 비껴갈 거란 희망적인 바람을 가졌던 청춘과 달리 내 삶에도 반드시 피할 수 없는 천재지변과도 같은 엄청난 시련이 찾아온다는 것을 예감할 때 비로소 어른이 된다.

갑작스럽게 시련이 찾아와도 털썩 주저앉지 않고 나에게 찾아온 손님이라 여기고 묵묵히 견뎌나가는 것.

시련이 비록 고통이라는 큰 절댓값을 가지고 있다고 해도 사랑과 믿음으로 이겨낸다면 시련 또한 곧 지나간다. 그리고 다시 평온이 찾아온다. 봄이 가면 여름이 오듯이 고통이 지나가면 다음에는 쾌락이 찾아온다.

불안해하지 말고 좌절하지 말자. 내가 지금 운다고 해서 내일도 울라는 법은 없다.

때로는 상처를 주기도 하고 또 상처를 받기도 하는 것이 인생이다.

삶이 나를 속이는 것이 아니라 내 마음, 내 행동이 삶을 왜곡하는 것이다.

그럼에도 불구하고 세상은 나로부터 해가 뜨고 달이 뜬다는 것을.

모든 것은 늘 그 자리에 있고 무대에서 춤추는 사람은 나일 뿐.

내가 주인공이고 시나리오 감독이고 연출자다. 당당해지자. 내가 울던지 웃던지 그도 아니면 무표정하든지.

사는 동안 심장이 빠르게 뛰는 순간도 만날 것이고 멈춘 듯 고요히 숨쉬는 순간도 있다.

늘 같은 속도로 삶을 살 수는 없다. 인연의 끈이 다하는 그날까지 세상에 존재하는 모든 것들과 따뜻함을 나누자.

궤도를 이탈하지 않는 범위 안에서 춤추자. 나를 위해 때로는 세상을 위해. 심장이 딱딱해져 나를 위로하는 나르시스가 되는 그 순간까지.

교만을 내려놓고 허영을 멀리하고 겸손과 사랑으로 진정한 어른으로 나누고 배려하자.

노력한 삶은 고달프지 않다

누구에게나 삶은 버겁다.

다행히도 삶이라는 게임은 쉽고 편한 것만 추구하면 점점 더 어려워지고 불편해진다. 반대로 어렵고 불편한 일을 하면 할수록 점점 더 삶이 편안해 짐을 느끼게 된다.

성공과 실패는 종이 한 장 차이이다. 성공에는 자신감과 자신에 대한 확고 한 신뢰가 있어야 한다.

연어와 고등어에는 오메가3 그리고 지방산이 많아 어른에게는 성인병 예 방에 좋고, 아이들에게 기억력과 학습 능력을 높인다는 학설에 대한 강한 믿음 때문에 우리는 먹기 싫어도 먹고 또 먹는다.

성공도 마찬가지다. 성공하기 위해서는 몸이 힘들고 영혼도 지쳐가는 힘든 일들을 많이 경험하고 이겨내야 한다.

아무리 힘든 일도 오래가지는 않는다. 성공이나 실패는 오래도록 한곳에 머물지 않는다. 조금만 방심해도 다른 곳으로 날아가 버리는 것이 그들이 다. 성공하기 위해서는 자존감을 높이는 것이다.

물론 훌륭한 능력을 타고난 사람이라도 내면 깊숙이 숨어 있는 자존감을 밖으로 끌어내지 못하면 실패를 한다.

만약 낮은 자존감 때문에 자주 곤란을 겪고 있다면, 반드시 어둠의 터널에서 벗어나 자신에 대한 확신을 가져야 한다. 낮은 자존감으로 그대가 얻을 수 있는 것은 좌절과 실패뿐이다.

낮은 자존감은 고통 속으로 몰아넣어 죽게 만드는 질병이다. 지금 모습이 어떻든 나에게는 수많은 기회가 있다는 사실을 인정해야 한다.

어떤 상황이 오더라도 끝까지 스스로를 믿고, 마지막 목적을 이루기 위해 실현 가능한 목표를 설정해야 한다. 실현 가능한 목표물을 설정하여 꾸준히 노력하면 못 이룰 것은 아무 것도 없다.

"콩 심은 데 콩 나고 팥 심은 데 팥 난다."는 말처럼 이 세상에 원인 없는 결과도 없고 노력 없는 대가도 없다.

한 알의 포도, 한 송이의 장미꽃도 노력 없이 저절로 열매를 맺고 꽃이 피지는 않는다. 가시나무를 심은 사람은 가시나무를 기대해야 하며 장미를 심은 사람은 장미를 기대해야 한다.

씨앗을 뿌려 싹이 나고 줄기가 나도 잎이 나고 그리고 꽃이 피기까지 오랜 시간이 걸린다. 그 과정에서 비와 바람 그리고 감당할 수 없는 천재지변을 이겨내야 자기만의 색과 향기를 지닌 아름다운 꽃이 된다. 인내와 견딤이 없으면 꽃을 피우지 못하거나 설사 피었더라도 금방 떨어지거나 말라 죽게 된다.

사람도 마찬가지이다. 끈질긴 인내심으로 그 어떤 어려움도 이겨내야 나만의 나다운 꽃을 피우게 된다. 내 인생의 꽃이 만족스럽지 못하다면 그 책임도 내 몫이다. 내가 노력한 결과가 딱 그만큼이다.

세상의 모든 길은 나를 향해 열려 있다. 그럼에도 불구하고 인생에는 공짜가 없다. 내가 뿌려서 정성을 기울인 만큼의 수확을 얻는다.

두려움과 게으름의 노예가 된다면 삶은 처음부터 끝까지 버겁다는 것을 명심해야 한다.

설사 버거운 삶이 거듭되더라도 남 탓을 하지 말아야 한다.

어제 오늘 내가 노력하지 않은 내 생각, 내 행동을 탓해야 한다.

남들과 다르려고 기꺼이 노력하라

알람을 맞춰놓은 듯 정확히 새벽 3시에 일어났다. 습관적으로 모니터 앞에 앉았다. 테이블 위의 로타카왈리 향기가 코로 흡입되니 헛헛해진 영혼이 채워진다.

기계를 사용하지 않고 핸드드립으로 커피를 내려마셨다. 파리에 온 듯 향에 취하고 인도에 온 듯 맛에 전율한다. 완전한 힐링의 시간, 참 행복하다.

겨울비가 내린다. 비가 오고 있으면 마음이 편안하다. 나를 찾아온 손님이라는 느낌을 주어 내가 혼자가 아니라는 것을 속삭여주는 듯하다.

이 시간 누구는 나처럼 깨어나 키보드를 토닥이고 있을 것이고, 누구는 추운 한국을 떠나 지구 반대편에서 여름을 맞고 있을 것이고, 누구는 묵주를 손에 쥐고 새벽 기도를 하고 있을 것이고, 또 누구는 밤새도록 마신 술을 해장하기 위해서 콩나물국밥을 먹고 있을 것이다.

겨울에는 동물들도 겨울잠을 잔다. 스님들도 동안거에 들어가 수행을 하고 학생들도 오랫동안의 학습 기간 중에서 공부를 하지 않아도 뭐라 할 수 없는 마냥 놀아도 괜찮은 면책특권을 받는 기간이 겨울이 아닐까.

나에게도 고독의 시간 속에서 퇴고의 여행이 길어지는 날이기도 하다.

보통 사람 그리고 동물이 안식기에 들어가는 겨울에 나는 창작활동을 많이 한다. 그래서 겨울에 난 몸이 많이 지치고 힘이 든다. 감기를 많이 앓는 시기이기도 하다.

켜 놓은 형광등, 컴퓨터, 그리고 갑자기 쏟아지는 소나기가 나의 손길을 기다리고 있다. 퇴고 중인 원고가 순서를 정해놓은 듯 나를 바라보고 있다. 밀린 숙제처럼 중압감이 밀려온다.

배고픔이 밀려든다. 주린 배를, 빈 영혼을 채우기 위해서는 냉장고에 숨어 있는 유통기한이 지난 딱딱한 빵이라도 먹어야 한다. 그리고 원고를 읽으며 퇴고를 거듭한다.

힘이 들지만 글이 매끄럽게 수정이 될 때에는 기분이 좋다. 먹지 않아도 배가 부르다.

누구도 나를 귀찮게 하지 않는 새벽이 그래서 좋다. 나의 두려움과 한계를 잊게 해주는 절대의 시간이니까.

모두가 잠든 새벽에 키보드를 토닥이며 나와 싸우고 있지만 여전히 도전하는 삶을 살고 있기에 행복하다.

비록 원고가 내 뜻대로 완성이 되지 않는다 해도 최선을 다한 과정이 행복하니까.

결과가 좋지 않더라도 괜찮다. 하지만 끝까지 최선을 다할 것이다.

그럼에도 불구하고 기적을 만들고 싶다는 생각은 간절하다. 기적 또한 잡는 사람이 주인이 되는 거니까.

남이 찾지 못하는 그 무엇을 찾아내어 내 것으로 만드는 것, 그것이 나를 찾아온 기적이 될 테니까.

깊은 생각과 사려 깊은 행동 그리고 자신감이 기적을 부른다.

지쳐가면서도 키보드를 놓아버리지 않게 하는 힘, 깊이 좌절하면서도 희망을 찾아 손가락을 토닥이는 힘, 그 모든 것은 나에게서 나오니까.

기적의 주인공이 나라는 사실을 알려주는 그 누군가를 생각하며 멈추지 말고 혹독하게 나를 채찍질하며 행간을 오간다.

당당히 마무리해야 아름다운 마침표를 찍을 수 있으니까. 그래야 기적의 주인공이 될 수 있으니까. 그래야 내가 행복하니까.

마지막 마침표를 찍을 때까지 행간 속으로 들어가 마지막까지 행간 속에서 울고 웃더라도 춤을 추자.

그것만이 내가 행복해지는 길이니까.

승자가 되고 싶거든 속도를 조절하라

"승자는 구름 위의 태양을 보고 패자는 구름 속의 비를 보며 승자는 넘어지면 일어서는 쾌감을 알지만 패자는 넘어지면 재수를 한탄한다."는 케네디의 말처럼 눈에 보이는 현상을 승자와 패자가 보고 느끼고 행동하는 것에는 뚜렷이 차이가 있다.

승자는 실패를 하면 스스로를 탓하지만 패자는 항상 남 탓을 한다. 행복한 삶을 이끄는 것도 마찬가지다.

긍정적으로 나를 탓하면서 반성의 시간을 갖는 순간이 제대로 된 내 삶으로의 첫 발을 내딛는 시작이다.

현재의 조건, 환경, 재산, 지위는 과거의 내 삶의 결과이다. 삶이 만족스럽지 못하다면 열심히 살지 않은 대가이고 만족스럽다면 그 역시 열심히 땀을 흘린 대가이다. 현재의 위치는 내 탓이다. 생각의 실수, 행동의 실패로 인한 결과물이다.

그러나 지금부터 열심히 계획을 수립해서 철저하게 점검하며 살아간다면 언젠가는 지금보다 더 좋은 환경에서 살 수 있다.

삶에는 속도와 조절이 필요하다. 그 선택 역시 내 몫이다.

'성공한 사람으로 남을 것인가', 성공은 못했어도 '만족한 삶을 살 것인가'의 선택 또한 내 몫이다.

박사 학위를 가졌다 해도 반드시 행복하지는 않다. 그리고 행복하다고 말하는 수많은 사람 중에는 박사 학위가 없는 사람이 수두룩하다.

비록 최고 수준의 교육을 받았어도 현명하지 않은 삶을 살아가는 사람도 있다.

다시 말해서 공부를 많이 했다고 해서 현명하게 살지는 않는다.

균형감각을 잃지 않고 조절하는 능력을 갖춘 사람이 삶을 잘 이끌어 간다.

때로는 속도를 늦추면서 살 필요가 있다. 남이 빨리 간다고 해서 내 조건도 생각하지 않고 무작정 빨리 가다보면 문제가 생긴다. 속도에 맞춰 일하는 것을 목표를 세우고, 조건에 맞게 시간을 투자해야 한다.

남이 뭘 하든 신경 쓰지 말고 내 방식대로 육체적, 정신적 공간을 스스로 조절하고 통제해야 한다.

시간을 지배하는 최고의 방법이 무엇인지 알고 나면 조급증을 내지 않고 하루를 길게 만들 수 있다.

일단 속도를 늦추면 더 이상 시간과 싸우지 않는다.

소설을 쓰든, 공원을 걷든, 이웃과 수다를 떨든, 샤워를 하든, 나의 속도에 맞추면 세상도 내 속도에 맞춘다.

욕심 부리지 말고 정성껏 자신의 페이스대로 조절하면서 가라.

살아가는 이유가 되는 꿈을 향해

삶의 종착역에 이르고서야 사람들은 깊은 회한을 가지고 삶을 돌아본다. "그때 ~ 했더라면, 그때 ~ 했어야 했는데." 항상 후회는 행동을 하고 난 한참 후에 찾아온다.

애슐리 몬터규는 "가장 고통스런 패배감은 이룰 수 있었던 것과 이룬 것 사이의 간극으로부터 온다."고 했다.

만약 현재의 삶에서 아무런 만족을 찾지 못했다면, 아마도 이루지 못한 꿈에 대한 미련이 죽는 날까지 따라다니며 괴롭힐 것이다.

예습도 복습도 없는 삶이라는 게임을 멋지게 이기려면 삶의 목표가 되는 꿈이 있어야 한다.

리처드 바크는 "어떤 희망이 주어질 때는 그것을 현실로 이룰 수 있는 힘도 같이 주어진다. 그러나 그것을 이루기 위해서는 행동해야 한다."고 말했다. 꿈을 가지고 있지만 생각만 해서는 꿈은 꿈일 뿐이다.

꿈을 이루기 위해서는 실천이 중요하다. 꽃은 피어야 하고, 비는 내려야 하며, 바람은 불어야 하듯, 꿈 역시 실천이 중요하다.

화가든, 변호사든, 철학자든 무엇이 되려면 거기에 맞는 준비를 하고 실천하자.

꿈을 이루는 과정의 길이 만족스럽지 않다면 처음부터 다시 시작하자.

무엇이 잘못인지를 찾아내어 수정하자. 잘못된 길을 그냥 가다보면 이제껏 얻은 것들만 반복해서 얻는다.

꿈을 꾸기는 쉬워도 이루기는 어렵다는 말이다.

과정 속에서도 수정하고 반성하고 또 점검하며 꿈을 향해 천천히 확인하고 또 확인하며 가자.

'내가 간절히 바라는 꿈은 무엇인가? 꿈을 이루기 위해서는 무엇을 어떻게 해야 하는가'에 초점을 맞춰 구체적인 계획과 실천 방안을 세워 차근히 실천하자.

지금 여기에서 꿈을 이룰 수 없다는 판단이 서면 방향을 바꾸어 꿈이 이루어질 수 있는 다른 곳을 찾자.

꿈을 이루는 것도 늦지 않게 시작하는 것이 중요하다. 삶은 전쟁터이다. 나에게 시작은 누군가에게는 끝이 된다.

어쩌면 생각보다 기회가 많지 않을지도 모른다. 생각을 했으면 실천에 옮기자. 세심한 계획과 실천만이 꿈을 이루는 빠른 길이다.

스스로를 가르치며 배우는 삶을 살아라

삶은 두려움이지만 매순간을 축제처럼 살아야 한다. 그 누구에게도 삶에 대한 정확한 로드맵은 없다. 살면서 스스로 그려나가는 것이다.

지위가 높든 낮든 돈이 많든 적든 성공한 사람이든 실패한 사람이든 누구에게나 삶은 꿈이 있고 두려움이다.

한 발 잘못 디디면 낭떠러지로 추락하는 것이 삶이다. 지나치게 행복한 순간, 지나치게 불행한 순간은 오래가지 않는다. 기다리다 보면 지나간다. 모든 것은 시간의 흐름과 함께 빠르게 움직이며 변한다.

돈이 들어오는 날이 있으면 돈이 나가는 날도 있고 실수와 실패하는 날이 있으면 실패한 경험이 성공을 부르기도 한다. 행복한 순간이 오면 곧 불행한 순간이 온다. 삶에는 늘 양면성이 있다.

죽기 직전의 최악의 순간을 맞이했더라도 죽을 운명이 아니면 죽는 것도 맘대로 할 수가 없듯이 하늘의 뜻이다.

삶이 버겁고 힘들다고 느껴지면 내가 꿈꾸는 높은 곳을 바라보지 말고 낮은 곳, 나보다 더 힘든 사람들의 사는 모습을 보자. 그들보다 더 나은 내가

운 좋은 사람이라는 것, 다행이라는 사실을 깨닫게 된다.

부정적으로 생각하고 복잡하게 풀어 가면 나만 복잡한 것 같고 나만 불행한 것처럼 느껴진다.

나를 이기지 못하면 남도 이길 수 없다. 삶은 쉽게 단순하게 긍정적으로 풀어가야 쉽게 해답을 찾을 수가 있다.

긍정적이고 단순하게 생각하며 냉철하게 행동하는 것, 그것이 힘든 순간을 견디는 방법이고 삶의 해답이다.

그 누구에게도 삶의 정답은 없다. 꼭 해야 할 일은 물론 하지 말아야 할 일도 해야 하는 순간이 찾아온다.

묵묵히 일을 하며 지나가길 기다려야 한다. 이 세상에 그 어떤 일이든 필요 없는 경험은 없다. 실수가 많아 실패를 많이 할수록 세상이 던지는 시련을 더 많이 견뎌낼수록 삶은 단단해진다.

결코 삶은 만만치 않다. 그 만만치 않은 삶을 있는 그대로 인정하면서 긍정적으로 받아들이면 삶의 과정도 편안하게 풀 수가 있다.

육체적 성숙 그리고 정신적인 성숙이 하나가 되었을 때 진정한 어른이 된다.

소금 3퍼센트가 바닷물을 썩지 않게 하듯 우리 마음속 3퍼센트의 꿈을 이루기 위한 욕망이 나를 살게 하는 힘이다. 노력하는 삶의 과정 자체가 삶의 이유이고 의미이다.

스스로에게 한 약속을 잘 지키면서 '스스로를 가르치고 배우는' 것이 가치 있는 삶의 완성이다.

처음부터 잘못된 삶은 없다

일기예보에도 없던 눈이 내린다.

나에게 눈은 더 이상 설렘으로 다가오지 않는다. 아주 가끔 추억의 시간을 불러 어릴 적 기억에 잠겨있을 때 눈이 내리면 기쁨으로 다가온다.

동심의 그날이 그리워 그 눈길을 걸으며 잠깐 동안 현실과 과거 속에서 헤매다가 미끄러졌다.

손바닥이 벗겨져 피가 보인다. 그 순간 짜증이 나고 눈이 싫었다. 나는 손을 다쳤고 눈은 계속 내리고 있었다.

며칠 전에 내린 눈이 얼어 빙판으로 변한 그 길까지 다시 눈으로 하얗게 덮여 버렸다. 어제 빙판에 미끄러져 넘어지고 오늘도 눈길에 미끄러지는 실수투성이의 일상처럼 어쩌면 인생도 예보 없는 사건이 터져 실수와 모순 그리고 함정에 빠지게 되는 것인지도 모른다. 예고 없이 일들이 불쑥 나타나 앞을 막는 장애물처럼 가는 길을 막으며 나를 넘어지게 한다.

하얀 눈이 눈의 모습으로 얼지 않고 남아있다면 내릴 때처럼 임종의 순간까지 아름다울 것이다. 그러나 눈이 얼어붙어 빙판이 되는 순간 기쁨이 두려움으로 변하고 두려움이 불행을 만나게 하는 것이다.

사람 세상의 단면을 보여주기라도 하듯 눈은 얼어붙어 빙판이 되고 그 빙판을 다시 눈이 내려 가린다.

진실을 덮어버린 거짓이 녹아 진실을 볼 수 있을 것 같을 때 눈이 다시 내려 진실과 거짓을 구별하지 못하게 된다.

눈 덮인 하얀 세상을 벗겨보면 지저분한 바닥까지 드러난다. 더러워진 것을 깨끗이 닦아내지 않는 한 아무리 눈이 내려 가려져도 다시 녹으면 이전의 더러운 모습으로 돌아간다.

삶도 마찬가지이다. 잘못된 삶이라 생각되면 방향을 바꿔가며 고쳐나가면 달라진다.

처음부터 잘못된 삶은 없다. 시작이 중요하고 중간 점검이 중요하고 그리고 마무리가 중요하다.

꿈을 좇아 춤추는 미친 숭어가 되라

그리운 사람이 사라졌다는 것, 그리워할 사람이 없다는 것은 모순이지만 슬픈 일이다.

나도 죽도록 사랑하고 그리워한 사람이 떠났다는 사실을 인정하는데 10년이 걸렸다.

아버지가 돌아가셨다는 사실을 내가 보호자가 되고 주인이 되어 서명할 때 알았다.

아버지가 없다는 사실은 나에게 공포였다. 아버지가 없는 현실을 피하고 싶었고 도망치기도 했다. 그러나 두려움은 계속되었고 홀로 설 수 있는 힘을 길러야 살 수 있다는 사실을 인정해야 했다.

두려움, 막막함 앞에 수없이 눈물을 흘렸지만 아파할수록 슬픔은 커졌고 외로움은 깊었다.

오래도록 고독과의 싸움, 삶과의 사투를 거쳐 KO패를 당하기도 하고 수십 번의 판정패를 당하면서도 포기하지 않았다.

오뚝이처럼 다시 일어나 삶과의 결투를 하면서 이제야 판정승이다.

KO패를 당할 때에는 '무엇을 위해 누구를 위해' 라는 주어 없이 그냥 열심히 최선을 다했을 뿐.

그것이 내가 실패한 원인이라는 것을 한참의 시간이 흐른 후에 알았다.

좋은 부모 만나 걱정 없이 넉넉하게 살았지만 지금은 내가 벌어먹고 살아야 하는 지식노동자의 삶이 전부다.

기댈 수 있는 든든한 배경도 없다. 아버지라는 든든한 나무도 없다. 이 세상의 유일한 보호자는 나 자신이다.

가끔 허영의 독이 내 안으로 들어올 때마다 거부의 몸짓으로 춤을 추며 온몸으로 토해낸다.

지치고 힘든 나를 위로하는 쇼팽의 음악 그리고 싸르르한 스파클링 와인 한 잔으로 몽환 속 여행을 떠난다.

꿈속에서 별들의 그물에 올라타 꿈을 향해 거침없이 하이킥하는 한 마리의 숭어가 된다.

꿈속에서조차 꿈을 찾아 춤추는 미친 숭어가 된다. 나는.

나의 나무를 찾아라

영화에서만 보던 칠흑같이 어두운 길을 걸었다.

오감으로 부딪치는 자연의 소리를 피부와 귀로 들으며 비도 맞았다.

작은 손전등을 켜서 어두운 숲길을 걷고 또 걸었다.

목적지 약수터를 가기 위해 두려움을 참고 사람들의 발길을 따라 걸었다.

저만치 사람들 소리가 들리고 어렴풋이 그림자가 보이기 시작했다. 그제야 안심이 되었다.

다시 돌아갈 걱정에 두려움이 엄습했지만 내가 나를 지켜 주리라 믿으며 사람들 틈에서 약수를 떴다. 탄산음료처럼 탁 쏘는 그 맛을 보기 위해 깊은 산길을 따라 여기까지 사람들이 모였나 보다.

정작 산에 들어와 보니 멀리서 보이던 커다란 숲은 보이지 않고 서로의 간격을 유지하며 서 있는 하나하나의 나무가 눈에 들어온다.

반쯤 말라 죽은 나무도 있고 완전히 쓰러진 나무도 있고 막 청춘을 시작하듯 한껏 부풀어 오른 탱탱한 나무도 있다.

나무를 보니 다양한 사람들의 삶이 보인다. 가장 높은 곳에 오른 사람, 벼랑 끝에 선 사람, 삶의 마지막 끝자락을 안간힘을 다해 붙잡고 있는 사람, 꿈을 찾아 뛰는 청춘의 모습이 나무를 통해 느껴진다.

늘 숙제 같은 미지의 삶.

어릴 때는 좁다란 골목길도 먼 길처럼 느껴졌고, 학생이 되어서는 어른이 된다는 것이 두려웠고, 어른이 되어서는 좋은 직장을 잡고도 앞에 다가서는 갈림길을 만날 때마다 어떤 길을 선택해야 할지 막막했다.

그러나 그 어떤 길을 선택하든 결과에 따른 책임도 내 몫이고 두려움의 길도 용기를 내어 가다보면 뜻밖의 행운과 맞닥뜨릴 수가 있다.

어쩌면 인간의 삶이란 미지의 길을 가는 여행자라는 것, 그 어떤 길을 선택해서 어떻게 가든 쉽게 찾아가는 길도 있고 풀기 어려운 수학 문제처럼 연습을 하고 또 해도 원하는 길을 찾지 못할 때도 있다.

결국 삶 또한 실수하고 실패하는 시행착오를 되풀이 하면서 나의 삶을 찾아가는 것이다.

열심히 목적지를 향해 가다보면 그 언제쯤 나를 향해 웃고 있는 큰 나무를 만나지 않을까.

희망이 있는 청춘을 살아라

"청년은 희망의 그림자를 가지고 살고 노인은 추억의 그림자를 가지고 산다."는 말이 있다.

그러나 희망이 없다면 청년이든 노인이든 죽은 목숨과 같다.

노인이라도 희망이 남아 있다면 천국 같은 삶처럼 사는 것이 즐거울 것이고 청년이라도 희망이 없다면 살아도 지옥의 삶을 사는 것과 같다.

청년이든 노인이든 마음에 주름을 가지고 희망 없이 사는 삶은 스스로를 죽음 속으로 몰아넣을 뿐이다.

몸의 젊음과 늙음에 따라 희망이 있는 것이 아니라 영혼에 희망이 있는 삶이 청춘이다.

모두를 위한 친구가 아니라
나만의 친구를 만들라

스웨덴 속담에 "기쁨은 나누면 두 배가 되고 슬픔은 나누면 절반으로 줄어든다."는 말이 있듯이 나눌 수 있는 진정한 친구를 갖는 것은 또 하나의 선물을 받는 거다.

나를 낳아준 사람은 부모이지만 나의 마음을 알아주는 사람은 친구일 때가 있다.

눈물 젖은 빵을 함께 먹어줄 친구. 그래서 친구는 또 하나의 나 자신이라고도 한다.

미국 루스벨트 대통령은 성공하기 위해서는 '믿음, 친구, 미래'가 반드시 필요하다고 했다.

나를 알아주고 이해해주는 친구가 있다는 것은 축복받은 삶이다.

수백 명의 친구보다 과거, 현재 그리고 미래를 함께하는 단 한 명의 진정한 친구가 힘이 된다.

Part 4

낯설지 않은
간이역,
나를 만나다

정동진역

콘크리트 숲을 빠져나와 7번 국도를 타고 달리면
길 따라 휘어진 소나무를 껴안고 바다를 바라보는 간이역이 있다

서울의 정동 쪽에 있다 하여 정동진이란 이름을 가진 역
눈물과 그리움이 몸보다 먼저 도착하는 연인의 역
소금기 베인 비릿한 원초적인 내음이 나는 역

정동진, 그곳에 가면
기억 속의 러브홀릭이 모래시계 밖으로 순서 없이 걸어 나온다
너도나도 추억이라는 물감을 풀어 이중섭이 되기도 한다

어떤 인연은 마음으로 만나고
어떤 인연은 몸으로 만나고
어떤 인연은 눈으로 만난다
어떤 인연은 내 안으로 들어와 주인이 되고
또 어떤 인연은 건널 수 없는 강이 되기도 한다

그곳에 가면 추억 속의 나를 만날 수 있다
그곳에 가면 미래의 나를 만날 수 있다

여행은
청춘에게는
배움의 시간이고
나이 든 사람에게는
추억의 시간이다.

행복이 춤추는 풍경, 떠나라

반복된 일상에 지치다 보면 먹는 일, 하는 일이 다 귀찮아질 때가 있다. 비록 일상을 떠난다고 하지만 일상으로 더 깊숙이 빠져들기도 한다.

한발 뒤로 물러나 일상을 바라보는 것도 나를 편안하게 하는 방법이다.

지친 일상을 탈출하고 싶을 때는 외진 섬으로 떠나라.

먹고 살기 위해 만나야 할 사람도, 나를 찾는 사람도 잠시 유예시켜 두고 떠나라.

섬은 하루에 한두 번 배가 섬과 육지를 오가기 때문에 섬으로 들어가고 나오기 위해서는 몇 시간을 기다려야 한다.

여행은 '빨리 빨리'에 길들여져 있는 이들에게 '기다림'이라는 인내의 시간을 요구한다.

외진 섬에는 간이역이나 중간에 내릴 수 있는 정류장이 없다. 처음부터 목적지가 하나이다. 배를 타는 순간 들어갈 때는 섬이 목적지가 되고 나올 때는 육지가 목적지가 된다.

마치 태어남과 죽음을 나타내는 인생을 연상시킨다.

깨끗한 바닷가에 모여 있는 시커먼 유빙 덩어리는 삶의 고통의 순간을 느끼게 한다. 또 바위틈에 보랏빛으로 예쁘게 피어 있는 해국은 인생의 전성기를 연상케 한다. 언젠가 나도 한 번의 잘못된 선택으로 십 년을 타인의 삶을 내 삶인 줄 알고 살았다.

천방지축 뛰어다니다가 물 밖으로 튀어 올라 고생하는 청개구리처럼 타인의 방에서 타인의 모습으로 타인의 삶을 살았기 때문에 잃은 것도 많고 상처도 컸다. 상처를 많이 받았다는 것은 치열하게 살았다는 증거이기도 하다.

어쩌면 상처로부터의 떠남 그리고 상처로부터의 도착이 인생의 시작과 끝이란 생각도 한다.

머리에서 가슴까지의 거리는 물리적으로 따지면 30센티미터도 안된다. 그러나 상처가 머리에서 가슴으로 내려가 치유가 될 때까지는 일 년이 걸릴 수도 십 년이 걸릴 수도 있다.

반드시 스스로 원하는 곳을 찾아 위로하고 토닥이는 치유의 시간이 필요하다.

치유라는 것도 별게 아니다.

정착을 못해 바람처럼 떠돌던 아픈 마음이 무엇을 만나 화사하게 피어나는 들꽃 같은 웃음을 터트린다면 그것이 힐링이다.

섬으로의 여행은 지치고 힘이 들지만 느끼고 배우는 것이 많다.

노부부가 귀한 육지 손님이라며 채취한 굴로 정성껏 차려주는 굴밥 정식은 푸근하고 정겹다.

흐린 하늘 아래 '쏴아' 하며 갈색과 녹색이 어우러진 비누거품 같은 파도는 시선을 멈추게 한다.

만물이 붉게 물들어가는 늦은 오후가 되면 바다도 섬도 해국도 붉은 빛으로 곱게 단장을 한다.

세상에서 가장 멋진 행복이 멈추어 춤추는 풍경을 연출한다.

인생에 있어 흐르다가 머무는 것은 섭리이다. 언제 어디서 누구와 함께 머물지도 모른다.

아마 무라카미 하루키도 그리스의 섬에서 스스로를 힐링했기 때문에 〈먼 북소리〉라는 위대한 작품이 태어났는지도 모른다.

반짝이는 별을 조명 삼아 거침없이 하이킥을 하는 바닷물고기, 비릿한 바다 향, 바다의 고운 결은 삶의 여정에서 숱하게 만난 인연들을 기억하게 한다. 그저 아름다운 것에는 침묵으로 '끌어당김'의 법칙을 적용하며 마음이 흔들린다. 그대로의 나를 인정해주고 보듬어주는 곳, 눈과 귀, 코, 입을 만족시켜주는 곳이 자연이다.

프랜시스 스콧 피츠제럴드가 쓴 〈위대한 개츠비〉에 이런 말이 나온다.

"그리하여 우리는 조류를 거스르는 배처럼 끊임없이 과거로 떠밀려 가면서도 앞으로 앞으로 계속 전진하는 것이다(So we beat on, boats against the current, borne back ceaselessly into the past)."

여행은 청춘에게는 배움의 시간이고 나이 든 사람에게는 추억의 시간이다.

물건도 오래 쓰면 낡거나 망가지는 것처럼 사람도 반복되는 일상을 살다 보면 지치고 쓰러진다. 그럴 때에는 가슴이 시키는 대로 떠나라. 떠남은 일상에서 멀어지는 것이 아니라 삶 깊숙이 파고들기 위함이다.

잊기 위해 버리기 위해 떠나지만 사실은 풀리지 않는 문제를 정확히 진단하고 해결점을 찾기 위함이다.

기억이 순서에 따라 추억이 되듯이 시간의 순서에 따라 쌓여가는 것이 삶이다.

누구나 사는 동안 '인생 풍경'을 드로잉 하는 아마추어 작가이다.

남의 그림은 쉽게 그리지만 내 그림은 쉽게 그려지지 않아 머뭇거리다가 중요한 포인트를 놓쳐버리고 후회하는.

그래서 어설픈 풍경화를 그릴 수밖에 없는 쉽지 않은 아마추어의 삶을 산다. 눈앞을 가리는 헛된 욕망을 벗어버리고 하얗게 날아오를 수 있는 날개를 펴라.

세상을 향해 푸른 날갯짓을 하라.

세상은 나를 살게 하는 이유가 되는 것들이 나를 아프게 하는 것들보다 여전히 많다.

해바라기가 씨를 많이 갖는 것도 두려움이 섞인 간절함 때문이라는 말처럼 무엇을 하든 절박하고 간절함으로 행동하라. 그러면 못 이룰 것은 없고 용서 못할 것도 없다. 열심히 노력한 만큼 행복한 순간도 많이 만난다.

삶은 살아내는 자의 몫이고 행복 역시 간절히 원하고 절박하게 행동하는 자의 몫이다.

어떤 사람이 외진 섬을 찾든 해를 품은 바다는 늘 그 자리에서 어리석은 인간을 향해 삶의 지혜를 나직이 말해준다. 내일 무엇을 하고 어떤 모습으로 살기를 바란다면 오늘에 충실하라고.

오늘 충실한 사람은 반드시 내일이 기다려 질 것이고 오늘 잘 살지 못한 사람은 내일 해 뜨는 것이 두려울 것이라고.

보이는 것 너머의 모든 것에는 새로운 시작이 있다. 기회는 항상 존재한다.

함께 밥 먹고 싶은 친구가
좋은 친구다

어렸을 땐 유난히 친구가 많았던 짝꿍을 부러워한 적이 있다. 생일 때마다 책상 위에 수북이 쌓인 선물 꾸러미들을 보면서 '친구가 다섯 명이나 늘었네.' 라며 자랑하던 짝꿍이다.

참으로 어처구니없는 계산법을 적용하던 어린 시절의 '친구 만들기'는 사회생활을 하면서 바뀌기 시작했다.

마음을 나눈 친구에게 배신당할 때마다 친구가 성가시기 시작했고 만나는 것조차 불편해졌다.

어릴 적이나 지금이나 성격이 지나치게 소심해서 친구가 많지 않다. 나를 힘들게 한 친구들의 기억 때문에 친하지 않으면 잘 만나지 않는다.

하지만 힘들 때 마음을 나누는 친구는 있다. 대학원을 다닐 때 사귄 친구인데 서로 마음이 통해선지 자주 연락하고 만난다. 힘들 때나 기쁠 때 가장 많이 생각나서 밥 먹자고 말할 수 있는 친구이다.

친구의 의미는 무얼까. 나의 분신이 아닐까. 부르면 뭔가를 기대하며 쏜살같이 달려 나오는 존재가 아니라 나의 그림자가 되어 한결같이 내 곁에 있어 주는 존재.

힘들 때나 기쁠 때나 변함없이 내가 하는 말을 묵묵히 들어주고 고개를 끄덕여 주는 존재.

바람이 불면 함께 서로에게 우산이 되어 주고 우산이 없으면 함께 비를 맞아 주는 친구.

기댈 수 있고 때로는 나의 보호자가 되기도 하는, 든든한 나무와 같은 존재가 진정한 친구다.

나를 편안하게 해주는 것들 1

나는 고등학교 졸업하고 부모 곁을 떠나 유학생활을 오래도록 했기 때문에 외로움을 느낄 때마다 음악을 듣거나 화가의 화집을 보면서 홀로 치유의 시간을 가졌다.

내가 좋아하는 음악가는 쇼팽이고 화가는 고흐다. 특히 비극적인 일생을 마친 고흐의 화집을 자주 꺼내 본다. 그의 그림은 가족이 그립고 지치고 힘들 때마다 나에게 용기를 주었다. 꿈을 향해 도전하던 나는 가난하게 살다 간 고흐의 자화상을 보며 꿈을 키웠다. 가난한 삶 속에서도 치열하게 그림을 그려 나가는 화가에게 인내심을 배웠다.

대학교 축제 때 벼룩시장에서 구입한 고흐의 화집은 손길이 너무 많이 간 탓에 군데군데 찢어져 테이프로 붙였지만 나에게는 귀한 보물이고 추억의 화집이다.

특히 내가 좋아하는 고흐의 〈집배원 룰랭의 초상〉은 마치 어릴 적 간이역에서 본 검은 제복을 입고 지나가는 열차에 정중히 거수경례하는 역무원의 모습과 비슷해 객지생활을 많이 한 나에게 향수를 불러일으킨다.

고향이 그리울 때마다 가족이 보고 싶을 때마다 견디기 위해 자주 들춰보며 외로움을 달랬다.

조그만 작업실에서 은둔하며 그림을 그리는 화가의 모습이나 작은 방 안에서 꿈을 향해 책을 읽는 학생이나 삶의 목적이 있기 때문에 힘들고 지쳐도 외롭고 고독해도 꿈의 실현을 위해 치열하게 살아간다.

지금도 마찬가지지만 그림에 대한 미학적인 식견은 많이 부족하다. 그럼에도 그림을 보며 느끼는 감정이 나를 위로하고 우수에 젖게 한다.

힘들 때 웃게 하고 눈물을 흘리게 하는 작품은 그림의 가격이 얼마이든 가치는 대단하다.

그림이 누구에게는 아무런 감흥을 주지 못해도 단 한 사람에게 의미로 다가와 먹먹할 정도의 진한 울림을 준다면 그림의 가치는 인정된다.

마치 헤겔이 말한 것처럼 미네르바의 부엉이는 어두워져야만 비상을 준비하듯 지치고 고통의 순간이 깊을수록 욕망은 더욱 간절해질 테니까.

고통과 상처를 두려워하거나 피하지 말고 견뎌내야 한다.

이길 수 없을지라도 최선을 다하다 보면 언젠가는 고통도 아픔도 상처도 흐르는 강물처럼 떠나간다.

나를 힘들게 했던 사물의 편린들이 언젠가는 치유의 주체가 되어 나를 토닥이며 사심 없는 웃음을 주고 망각의 숲으로 떠난다.

나 또한 이렇게 밤늦은 시각에 홀로 깨어 고흐의 화집을 보며 사색하는 것도 그 때문이다.

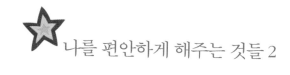 나를 편안하게 해주는 것들 2

나의 집 방 하나에는 그동안 내가 살아온 세월의 침전물과 같은 수집품으로 가득하다.

채 걸지 못한 제자가 선물한 나의 초상화부터 원고료를 받을 때마다 풍물 시장에서 사서 모은 옛사람들의 손때 묻은 생활품이 여기저기 진열되지 않은 채로 널려있다. 문 입구에는 태엽을 감지 않았거나 건전지가 떨어져 시간이 멈춰버린 시계도 있다.

이 방에 들어오면 짧게는 30년 길게는 100년 전의 사람들을 만나는 느낌을 갖는다.

옛 물건을 볼 때마다 느리게 천천히 욕심 없이 서서히 움직이면서도 제 할 일을 하는 믿음직한 옛사람을 보는 듯하다.

한 가지에 집착하면 끝까지 놓지 않고 무엇을 만들어내는 굳은 장인정신과 천천히 인내심을 가지고 기다리면서 목표를 향해 전진하는 그들에게서 많은 것을 배우고 느끼기에 이 방에만 들어오면 옛 장인을 만난 듯 마음이 편안해진다.

나에게 이곳은 버지니아 울프가 말한 '나를 위한 방'이다.

그래서 거미줄처럼 복잡하게 연결된 세속적인 일로 어지럽거나 지쳐서 피곤할 때 이 방에 들어와 마주치는 물건들과 대화를 나눈다.

오늘은 무슨 일이 있었고 그래서 무엇이 즐겁고 힘들었는지를 그들에게 거짓 없이 토해낸다. 그렇게 다 말해버리고 나면 마치 성당에서 고해성사를 한 것처럼 마음이 편안해진다.

나를 위한 성스러운 방이다. 나에게 안정감을 주고 편안함을 주고 때로는 위로의 시선을 내민다.

세상에서 가장 고독한 삶을 살아가는 나를 가장 순수한 모습으로 만들어 놓는다.

50년 전의 나무 의자에 앉아있으면 외롭고 고독하다기보다는 어깨를 토닥여주는 듯한 느낌을 안는다.

몸이 아파 여행을 가지 못하거나 시간에 쫓겨 세상의 풍경을 느끼지 못할 때 5평 남짓한 이곳에 들어와 손때 묻은 옛 물건들과 대화하는 것이 엄마를 만난 듯 편안하다.

혼자인 순간
행복해지는 법을 배운다

아무리 좋은 사람들이라도 오래도록 같이 있으면 싫증을 느끼고 불편해진다.

사람은 태어날 때와 마찬가지로 죽을 때는 혼자가 된다. 그래서 혼자일 때 편안함과 행복을 느끼는지도 모른다.

가장 행복한 사람은 혼자서 오랜 시간을 즐겁게 보내는 사람이 아닐까?

물론 혼자일 때 행복하기 위해서는 누구보다도 자존감이 높고 스스로를 사랑할 수 있어야 한다.

혼자 있으면서도 행복함을 느낀다는 것은 행복의 기술을 자유자재로 누릴 수 있는 능력 있는 사람이다. 재능이 많거나 다양한 방면에 욕심이 많은 사람이다. 혼자=외로움, 고독이란 말은 이제 어울리지 않는다.

물론 혼자일 때 외로움은 느낄 수가 있다. 그러나 혼자라는 것이 외로움과 동의어가 되지는 않는다.

혼자 있을 때는 두 가지 현상이 일어난다. 하나는 '외로움'이다. 이는 불안함과 불행, 지루함이 뒤섞인 증세를 유발할 수 있다. 더 나아가 두통이나 과도한 수면, 불면증, 우울증 같은 질병으로 이어질 수도 있다.

혼자 있는 것의 또 다른 측면은 '고독'이다. 고독은 혼자서 할 수 있는 갖가지 활동에 몰두할 기회를 준다. 외로움은 낙담과 슬픔을 의미할 수 있지만, 고독은 행동에 따라 만족을 주기도 한다.

프리드리히 니체는 말했다. "고독은 우리 스스로를 더욱 강인하게 만들고, 주변 사람들을 더욱 자애롭게 대한다."고.

결국 고독은 우리의 성품을 향상시킨다.

안타깝게도 대다수의 사람들은 혼자 있는 것의 기분 좋은 면과 그것이 우리에게 줄 수 있는 이익을 정확하게 깨닫지 못한다. 심지어 군중 속에서도 언제나 혼자인 듯한 느낌을 갖는 사람도 있다.

결론적으로 다른 사람과 같이 있을 때만 행복을 느낀다면 진정으로 행복한 사람이 아니다.

다른 사람들과 함께 있을 때의 외로움은 자기 자신과의 연계가 결여되었다는 반증이다. 내가 나를 좋아하지 않는데 어떻게 다른 사람이 나를 좋아하기를 기대할 수 있겠는가?

외로움을 극복하려면 혼자서 창의적으로 시간을 보내는 방법을 배워야 한다.

대부분의 사람들은 내면의 더 큰 무료함을 피하기 위해 약간의 흥분을 찾아 도피처를 구한다. 혼자 있는 것이 두려워 군중 속으로 파고들기도 한다. 그러나 오히려 혼자 있을 때보다 군중 속에서 더욱 외로움을 느끼게 된다. 자존감이 낮은 사람일수록 혼자 있으면 울기, 흐느끼기, 폭식, 잠자기, 자기 연민에 빠진다. 자존감이 높은 사람일수록 혼자 있을 때 창의적인 행동을 많이 한다. 독서나 자기 계발에 필요한 공부, 음악 감상, 명상, 악기 연주를 한다.

스스로 시간을 보내는 법을 배우면 친구들과 함께 있을 때의 즐거움도 배가 된다.

혼자일 때 고독을 즐기는 방법을 적극적으로 찾아나서야 한다.

스스로를 잘 알게 될수록 자신을 사랑하는 법을 배울 수 있다.

혼자인 순간
내면의 나를 만난다

마음이 편안해지려면 누구와도 연결되지 않은 혼자가 되어야 한다.

지하철에서도, 식당에서 밥을 먹으면서도, 강의를 들으면서도 스마트폰을 쥔 손이 쉴 새 없이 움직인다.

문자메시지와 카카오톡, 트위터 등을 통해 잠시라도 타인과의 연결고리를 놓지 않는다. 그러나 웃고 떠드는 동안에도, 연인과 밥을 먹다가도 혼자가 된 듯 견딜 수 없는 고독을 느낄 때가 있다.

인간은 누구나 혼자라는 진실과 마주하게 된다. 고독한 도시의 사냥꾼이 인간이다.

'무엇을 내 것으로 만들겠다, 무엇을 이루겠다.'는 강한 집착을 버리고 물 흐르듯이 '적당함'을 기준으로 생각하자. 그 어떤 것이라도 영원한 내 것은 없다.

시인이든 변호사든 의사든 최후의 순간은 태어난 처음의 상태로 가진 것 모두 내려놓고 홀로 가야 한다.

어쩌면 인간은 꿈을 이루는 순간 욕망은 더 커지지만 삶은 내리막으로 치닫는다.

쾌락의 호르몬인 도파민은 영원하지가 않다. 꿈을 이루는 순간 잠시 머물다 사라진다.

분수를 모르고 또 노력하지 않고 막연히 '무엇이 되고 싶다, 무엇을 하고 싶다.'는 욕망을 가지면 남과 비교가 되어 좌절감에 빠지거나 고통의 늪으로 들어간다. 이룰 수 없는 욕망이 커질수록 정신적 압박도 커져 편안한 상태로 지낼 수가 없다.

나를 정확히 아는 것, 무엇을 해야 즐겁고 만족할 수 있는지 그 일을 찾아내는 것이 중요하다.

세상에는 평생을 좋아하는 일을 해보지도 못하고 불행하다며 한탄만 하다 떠나가는 사람도 있다.

삶의 가장 중요한 가치는 '내가 누구이며 무엇을 해야 행복한가'를 정확히 아는 것이다. 나를 정확히 안다는 것은 나의 능력과 가치를 제대로 파악한다는 의미이다. 나를 알아야 남을 이길 수가 있는 것이 세상의 이치이다.

내 경험으로 말하자면 가장 고독한 순간, 가장 아픈 순간, 가장 비참한 순간, 삶의 벼랑 끝에 닿았을 때 견딜 수 없을 만큼 가장 고독한 나를 만났던 것 같다.

바깥의 나와 내 안의 내가 만나는 최고의 순간이다.

비록 비참한 모습, 가난한 모습의 나를 만날지라도 현실을 인정하고 받아들이자.

'그래, 지금 내 모습은 이래. 비참하긴 하지만 이게 지금의 나야. 어때? 앞으로 잘 살면 되지?'

위로하는 마음으로 어둠 속에 감추어둔 진정한 내 모습을 밖으로 당당히 끌어내자.

현실의 내 모습 그대로를 인정하는 순간이 내가 다시 태어나는 순간이고 나는 더 이상 고독하지 않은 자신감을 가지게 되고 세상과 맞서는 방법, 만족스러운 나를 찾아가는 방법을 만나게 된다.
적게 가졌든 많게 가졌든 만족스런 삶과의 해후, 그것이 행복한 삶이다.

온전한 나를 만나는 날

거울 속에서 나 아닌 사람이 무표정하게 바라보고 있다.

내가 기억하던 웃는 모습은 사라지고 잘 모르는 누군가가 거울 속에 있다.

오랫동안 거울을 자세히 들여다보지 않고 살았다.

사는 것이 바빠 내 모습조차 자세히 들여다볼 여유가 없었다.

익숙한 내 손은 그대로인데 부어버린 얼굴이 나의 모습 같지 않다.

누군가 "네가 누구인지 이야기해보라"는 질문을 한다면 쉽게 대답을 할 수 없을 것 같다.

타인을 평가하기는 쉬워도 나를 평가하기는 어렵다. 아마도 한참동안 머뭇거리다가 자괴감에 빠질 것 같다.

있는 그대로의 내 모습을 자신 있게 설명할 수 있다는 것은 나를 무한히 사랑하고 현재의 나를 만족할 때이다.

그게 아니라면 지금은 낯설고도 어색한 모습의 나를 보며 두려워하거나 뭐라고 설명할 수 없는 '먹먹함' 그리고 '연민'의 시선으로 바라보아야 한다.

이렇게 설명하는 나도 여전히 나를 설명할 수가 없다.

여전히 "나는 누구인가"에 대해 질문을 받는다면 웃음보다 '먹먹함'으로 답할 것이다.

아마도 치열하게 살았지만 돈도 젊음도 모래알이 되어 내 손을 빠져나가버리고 두 손에 쥔 것은 내 영혼이 담긴 여러 권의 책 그리고 나를 무겁게 짓누르는 삶의 무게와 지나버린 시간의 잔해뿐이다.

어른이 된지 수십 년이 지났지만 여전히 완전한 자아를 찾지 못하고 욕심이 가득한 표정이다.

거울 속의 내 모습은……. 그래서 목이 메고 먹먹하다.

안타깝지만 주름이 보이는 거울 속의 내 모습을 받아들이는 연습을 매일 하고 있다.

여러 개의 주근깨, 깊이 팰 준비를 하는 주름살, 칙칙해진 피부 색깔, 늘어져가는 피부, 표정 없는 모습까지.

현재의 내 모습이라는 것을 받아들이는 연습을 하고 있다. 처음에는 많이 낯설었지만 거울 속의 나는 내 안의 나이기에 웃으며 잘 지냈냐고 위로한다.

그동안 '수고했다'고 '힘내'라고 토닥여도 본다.

그제야 눈물이 흐른다. 나는 거울 속의 나를 마음으로 포옹한다.

결국 나와 내 안의 나가 온전히 하나가 된다.

흔들릴 때는 혼자가 되라

지식은 갖췄을지 모르나 판단력은 늘 부족해 실수투성이의 삶을 사는 사람이 많다.

나처럼 살면서 돈 버는 법은 배웠지만 어떤 방법으로 정확히 맞춰 살지를 몰라 돈과 거리가 멀어진 사람이 있다.

늘 시간에 쫓겨 살지만 실속이 없고 시간 속에 갇힌 것들은 많지만 소중한 알맹이는 별로 없고 빈 껍질만 가득하다.

어떻게 해야 할까. 아마도 삶의 의미를 시간 속에 가두는 방법을 찾아야 할지도 모른다. 그렇지 않으면 여전히 철들지 않은 어른아이로 살게 될 테니까.

죽기 전까지 그렇게 살까봐 두려울 거다. 그럴 때에는 자주 스스로에게 질문을 하자.

내가 가고 있는 이 길이 나의 길이 맞느냐고, 그리고 내가 찾는 것은 무엇이냐고.

스스로에게 묻고 대답하면서 느리게 천천히 뚜벅뚜벅 목적지를 향해 나아가자.

어떤 것을 선택하거나 결정할 때까지 시간이 길더라도 진중한 선택을 하자.

바로 결정하기 힘들면 밖으로 나가자. 출렁이는 상념을 밖으로 토해내자.

시장에 가거나 산을 오르거나 바다를 찾아 바쁘게 살고 있는 사람을 보며 결정을 하자.

가장 홀로인 순간에 선명한 정답이 보이기 때문이다.

아무리 좋은 것이라도 90퍼센트 이상 마음이 끌리지 않으면 포기하자.

그렇지 않으면 삶이 휘청거리게 된다.

한 번은 실수로 인정되지만 두 번 이상 반복하면 실패가 된다.

융합의 의미

상처로 가득한 '내 안의 나'가 아프다고 하는데 '밖의 나'는 모른 척하며 겉돌고 있다.

거울을 들여다본다. '밖의 나'는 웃고 있고 '내 안의 나'는 울고 있다.

서로가 잘못되었다고 변명을 하며 외면한다.

슬픔으로 가득한 '내 안의 나', 안에서 고인 눈물로 화장까지 번져 얼룩져 있다.

견디지 말고 아파하라는 말을 하고 싶은데 '밖의 나'는 두려워 침묵을 지킨다.

슬픔을 삼켜야 할 사람은 결국 자신임에도 '밖의 나'와 '안의 나'는 하나가 되지 못한 채 서로를 외면하고 있다.

하나가 되지 못하는 고통. 그것이 내가 아픈 이유가 아닐까.

나와 나의 진정한 융합 그것이 나를 아프게 하지 않는 방법일 텐데.

신문지로 태풍에 맞서며

태풍에 창문이 깨질까 봐 붙여놓았던 젖은 신문지 조각들이 마른 채로 떨어져 여기저기 나뒹굴고 있다.

하나씩 치우다 보니 지난 여름 태풍에 놀라 가슴 졸이던 날들이 생각이 난다.

인간으로서 자연재해에 밀려 무릎 꿇지 않기 위해 태풍과 싸우며 누군가에게 귀동냥한 단순한 지혜로 창문에 신문지 붙이며 무사히 태풍이 지나가길 바라면서 가슴 졸였던 일.

그러나 그것도 '정성' 아니겠는가.

부족해 보여도 내가 가진 것으로 최대의 효과를 노려보며 거대한 태풍과 맞서보는 것.

그래서 무사히 고비를 넘기는 것, 그것이 태풍에 맞서보는 인간의 단순한 지혜가 아닐까.

나답지 않은 나를 만날 때

진실과 거짓을 온전히 분리할 만큼 냉철한 어른으로 성숙되지 못한 나는,
때로는 진실을 밀어내고 거짓을 껴안을 때가 있다.
그러나 가끔은 진실을 밀어내는 데 실패하고 만다.
물 위에 둥둥 떠다니는 기름 같은 그것들을 바라보며 언제 터질까 두려워
밤마다 묵언기도를 한다.
가끔씩 모르는 척, 상관없는 척하면서도 어떤 사실이 수면 위로 떠오를 때
에는 외면하지 못하는 나답지 않은 나를 만난다.
'당신, 누구세요?' 하고 소리쳐 보지만 거울 속의 나는 대답이 없다.
나는 누구일까.
무섭다.
갑자기 미친 사람처럼 불안해진다.

잠깐의 힐링

작년 이맘때 다친 팔이 또 다시 아프다. 마치 산후 후유증처럼 마디마디 쑤신다.

신기하다. 짐승이 후각에 의해 살아가듯이 다친 내 몸도 같은 계절, 공간에 머물면 감각으로 어떤 한 순간을 기억하는 걸까.

아픈 몸을 이끌고 동네 공원을 산책하면서 하늘을 향해 쭉 뻗은 소나무 기둥에 얼굴을 기대었다.

솔잎 향기가 시원했다. 마치 소나무가 나에게 위로의 말이라도 하듯 소나무 곁에 있는 동안 기분이 좋고 마음이 편안했다.

무엇 때문인지 모르지만 아픈 팔이 한결 가벼워졌다.

한결 편안해진 팔로 다시 키보드를 두드리며 마감해야 할 원고를 정리한다.

가벼운 통증을 참고 떨리는 손으로 또 하루를 일구어야 한다. 서둘러야 한다. 약속한 날짜에 늦지 않도록.

더 이상 부유하지 말자

나는 용기가 있는 걸까, 용기가 없는 걸까.

나는 자유로워지고 싶은 걸까, 도망치고 싶은 걸까.

나는 강한 걸까, 나약한 걸까.

하루에도 수십 번 나에게 묻고 답을 구한다.

혼자인 것에 지나치게 익숙해지면 수만 가지의 생각으로 머릿속조차 혼란 스럽다.

어른이 되지 못한 생각이 넘쳐흐른다.

어쩌면 영원히 땅과 하늘 사이에서 날개 없이 부유하며 떠돌아다닐지도 모른다.

땅에 닿든 하늘로 오르든 선택해야 하는데 난 늘 그 가운데서 머뭇거리고 있다.

더 이상 부유는 싫다. 글 쓰는 것도 사랑도. 시간도 없다.

날지 못할 거라면 편안히 땅에 발을 디뎌 나를 내려놓아야 한다. 이제는.

고백 1

실수할까 봐, 그게 반복되면 실패해서 쓰러질까 봐, 그래서 절망하고 상처 받을까 봐, 확신이 서지 않으면 앞으로 발을 내딛기를 두려워했다.

그럼에도 불구하고 삼십 대 중반까지 여러 번의 실패를 통해 고통의 나이 테가 피하지방처럼 두터워졌고 자신감마저 줄어들었다.

이렇게 망설이면 아무것도 안되겠다 싶어 정신 차리고 다시 뛰기 시작했는 데 시간은 나를 중년 열차에 탑승시켜 버렸고 다시 무엇을 시작하기에는 겁 많은 중년의 어른아이가 되었다.

세상에 놀라고 배신당한 일이 많은 탓에 새로운 것을 보고 느끼고 만지는 것에 '나 먼저'라는 모험은 하지 않는다.

옆 사람이 먼저 시작하는 것을 보고 앞 사람이 먼저 먹는 것을 보고 친구가 먼저 만지는 것을 확인한 후에야 행동에 옮기는 겁쟁이가 되어 버렸다.

"내가 해볼까?"라는 호기심도 사라지고 천천히 한 템포 느리게 행동하는 삶의 겁쟁이가 되어 있었다.

내 나이 마흔이 나를 겁쟁이로 만들어 놓았다.

웃기는 것들을 보면 그냥 웃으면 되고 슬픈 것들이 눈에 들어오면 눈물을 흘리면 될 것을.

갓 스물에 나는 애써 어른 흉내를 내며 살았다.

무엇을 갖고 싶어도 무엇을 먹고 싶어도 부모님이 알아서 사줄 때까지 참았다. 웃음도 참고 눈물도 보이지 않으려 무척 애를 쓰며 살았다.

느껴야 할 것들 소리 내어 터트려야 할 것들을 배설하지 못하고 즐기지도 못한 채 젊음을 보냈다.

그 탓에 유독 아름다운 사물을 보면 간절해진다.

눈부시도록 아름다운 사물, 시리도록 가슴 아픈 사랑, 미치도록 하고 싶었던 일들을 맘껏 즐기지 못하고 청춘을 보낸 탓에 사물에 대한 집착이 강하다.

돌아가고 싶은 그때가 언제냐고 묻는다면 이십 대 청춘이다.

타임머신을 타고 스무 살의 나이로 돌아간다면 그 나이 때의 생각과 행동을 하며 살고 싶다.

바스라지게 웃고, 소리 내어 울고, 춤을 추고 싶으면 춤을 추고 취하고 또 취해 토하더라도 미친 듯이 술도 먹으며 가식 없는 행동으로 스무 살의 반칙 없는 특권을 다 누리고 싶다.

새벽 같은 작가가 되고 싶다

나는 하루 중에 새벽을 좋아한다. 그 이유는 직업상 새벽에 깨어있는 시간이 많기 때문이다.

새벽은 나에게 즐겨 마시는 커피처럼 즐겨듣는 쇼팽의 곡처럼 익숙하고 편안하다. 때로는 연인의 사랑만큼 애틋하고 좋아하는 밀도가 높아 밤을 새울 때가 많다.

새벽은 예정된 빛을 잉태한 어둠이라 기다려지고 함께 흠뻑 젖어들 수도 있다.

환한 햇살을 품고 있는 새벽, 때로는 빗소리가 유난히 길게 느껴질 만큼 한 아름 수증기를 끌어안고 있는 새벽을 기다린다. 시원하게 예정된 비가 내릴 테니까. 세상의 먼지, 내 몸과 내 영혼의 찌꺼기를 씻어줄 테니까.

알싸하게 코끝을 스치는 새벽 공기가 나에게는 최고의 비타민이다. 텅 빈 공간을 무엇으로 하나둘 채워가는 새벽 같은 존재.

비우고 또 채우는 시간의 섭리처럼 누군가의 빈 마음을 따뜻하게 채워주는 새벽 같은 작가가 되고 싶다.

Part 5

멋진
앨버트로스가
되고 싶거든,
경험하라

가을에 띄우는 편지

가을입니다
이 가을에는
당신을 찾아 잠시 머물다 오겠습니다

늘,
내일, 모레, 그리고 그 언제인가는
당신에게 가는 길을 열겠노라 말하면서도
당신 허락없이 닫고 또 닫았던
나를 용서해 주시지요
늘 당신에게로 가는 삶은 퇴행성 병처럼
뒷걸음쳐지기만 했습니다

이 가을에는
마음 편히 당신 그늘 아래서
누웠다가 기대었다가 그렇게 하겠습니다

리허설 없는 삶처럼,

당신과의 사랑도 여전히 리허설 없는 생방송입니다

내 인생의 삶에 관객이 필요치 않듯이

당신과의 사랑도 관객이 필요치 않겠지요

안에서 밖으로

또 그 안에서 밖으로

그림자도 스며들지 못하게 꼭 잠근 채

당신 곁에서 편히 그리고 오래오래 쉬다가 오겠습니다

내 그리운 당신께 곧 가겠습니다

꿈을 향해 날아가는
앨버트로스가
되고 싶거든
내 안의 무거움부터
끌어안자.

멋진 앨버트로스가 되고 싶거든,
경험하라

"사느냐 죽느냐 이것이 문제로다. 잔인한 운명의 화살을 맞고도 마음속으로 꾹 참는 일과, 무기를 들고 노도처럼 밀려오는 고난에 감연히 맞서 그것을 물리치는 일 중, 어느 쪽이 고귀한 일인가?"

"To Be or Not To Be: That is the question: Whether 'tis nobler in the mind to suffer

The slings and arrows of outrageous fortune, Or to take arms against a sea of troubles, And by opposing end them?"

윌리엄 셰익스피어 〈햄릿〉 中

힘들 때마다 햄릿에 나오는 이 문구를 되새긴다.

대부분 사람들이 그렇겠지만 누구에게나 최고의 시간은 있기 마련이다. 나도 한때는 마트보다 백화점에서 물건을 사는 걸 좋아했고 오래도록 그렇게 길들여져 살았다.

어느 날 멀쩡한 직장을 관두고 세상 밖으로 나왔을 때 어떻게 살아야 할지 방향을 찾지 못해 한참을 방황했다.

아침 7시면 출근해서 학생들을 가르치고 있어야 할 시간에 일이 없어 세상을 겉돌았다.

어느 날 우편함에 수북이 쌓인 밀린 고지서를 보고 아찔한 생각이 들었다. 라면을 끓여 한 젓가락도 넘기지 못하고 밖으로 뛰쳐나왔다. 일하지 않는 일주일은 너무 길었다.

여의도 식당가를 돌아다니다가 한 곳에서 한 달을 지켜보겠노라 하면서 나에게 설거지하는 일을 주었다. 가족도 모르게 설거지 아르바이트를 1년을 하고 나니 땀 흘려 일한 노동의 가치를 깨닫게 되었다. 온몸에 파스를 붙여가며 하루도 빠지지 않고 아침 9시에 출근해서 4시까지 그릇을 씻었다.

한 시간에 5,500원이 땀 흘리며 일한 노동의 대가이다. 대부분 종업원들은 휴대폰도 꺼놓은 채로 설거지에 몰입한다. 그릇을 깨거나 성실하지 못하면 그 일도 할 수가 없기 때문이다. 오로지 일하는 로봇이 되어야 '일 잘하는 사람'으로 인정받는다. 한 시간에 5,500원 땀 흘려 일한 수고가 고스란히 통장에 찍혀있다.

희망의 끈을 놓고 싶을 때 통장의 입출금 명세서를 보며 나를 다그칠 것이다.

그 식당의 스카프와 앞치마까지 서랍에 있다. 영혼을 팔지 않은 한 직업에는 귀천이 없다.

삶이 뜻대로 안될 때에는 삶이 공평하지 않다고 불평하며 징징대지 말고 세상 속으로 들어가자.

걸어온 반대쪽으로 향하면 답을 찾을 수 있다.

새로운 장소, 새로운 사람, 새로운 일에 도전하다 보면 삶의 방향을 찾게 되고 무엇이 잘못되어 삶이 뒤죽박죽이 된 건지 알게 된다. 배움보다 더 정확한 경험은 없다.

일 년 동안의 일용직 삶은 잘못된 삶의 궤도를 수정하는 기회가 되었다. 편안하게 지식노동자의 삶을 살아온 나에게 치열했던 육체적 노동은 많은 변화를 주었다.

삶의 반대편에 살면서도 착하게 살아가는 사람들이 많다는 것을 알았다. 많이 못 배우고 삶의 방향을 잘못 잡은 이유로 나락의 삶을 살아가는 사람도 많다.

이제는 백화점보다 마트나 전통시장을 즐겨 찾는다. 지폐 냄새가 나는 사람들을 만나는 것보다 땀 냄새가 나는 시장 사람들을 만나는 것이 편안하다.

쌀이 없으면 빵과 라면이 밥이 될 수 있다. 와인 잔이 없으면 컵에 와인을 따라 마셔도 괜찮다. 예법을 원하는 사람에게 예법대로 행동하면 되고 예법이 성가신 사람에겐 그들이 원하는 대로 맞춰 가면 된다.

내 규정대로 따라 줄 것을 기다리지 말고 그들이 만들어 놓은 규정에 내가 따라가면 된다.

그것이 스트레스도 덜 받고 함께 행복해지는 길이다.

러시아의 작가 이반 투르게네프는 사람을 '햄릿형'과 '돈키호테형'으로 구분했다. '햄릿형' 인간은 뛰어난 통찰력과 지각을 지녔지만 실천하는 능력이 없어 인정을 받지 못했지만 '돈키호테형' 인간은 풍부한 상상력을 가지고 있으면서 자신의 꿈을 향해 도전을 했다. 한 사람은 꿈만 꾸는 사람이고 또 한 사람은 꿈을 이루기 위해 실천한 사람이다.

나 역시 '돈키호테형'의 삶을 추구하며 지금도 여전히 꿈을 꾸고 있고 꿈을 이루기 위해 도전하고 있다.

아마도 세상의 모든 사람이 이룰 수 있는 꿈을 향해 도전하고 배울 것이다.
다만 그 꿈과 사랑이 이루어지지 않는 이유는 내 꿈이 아니거나 배움이 부족해서이다.

내가 이루지 못한 그 꿈, 그리고 사랑은 나보다 더 정성을 기울인 누군가에게로 떠난다.

꿈을 향해 날아가는 앨버트로스가 되고 싶거든 내 안의 무거움부터 끌어안자. 무거움을 사랑해야 가벼워질 테니까.

가벼워야 파란 하늘을 높이 멀리 그리고 오래 날 수 있는 멋진 앨버트로스가 될 수 있으니까.

도전하고 또 도전하자. 실패하더라도 좌절하지는 말자.

방향을 바꿔 다른 기회에 도전하자.

배움과 견딤으로 행복의 미학을 찾자.

행복한 실패,
슬픈 성공 중에 무엇을 택할까

방황도 하고 일탈도 해라.

한순간 나를 패배자로 만들더라도 웃어라.

힘든 순간은 지나가게 되어 있다.

실수도 실패도 삶의 과정이고 살아가는데 필요한 권리이다.

그러나 최후의 순간까지 꿈을 포기하거나 삶의 끈을 놓아선 안 된다.

그리고 실패를 교훈 삼아 기회를 잡아라.

행복도 삶의 과정이고 반드시 누려야 할 최고의 권리이다.

당당히 이겨낸 자에게 주어지는 최고의 선물이다.

행복은 나무에서 사과 떨어지듯 하늘에서 '툭' 떨어지는 것도 아니고 땅에서 새싹 돋듯 '불쑥' 솟는 것도 아니다.

문 열어두고 가만히 앉아 기다리는 사람에게 행복은 오지 않는다.

부지런히 움직이고 보살피며 도전하고 개척하려는 간절한 마음이 행복을 한 곳으로 모은다.

행복과 불행은 쌍둥이다. 하나가 움직이면 다른 하나는 가만히 바라보다가 하나의 행동이 끝나야 움직인다.

우리가 잘 알고 있는 음악가 루트비히 판 베토벤의 삶을 보자.

그는 평생을 가난과 실연, 병에 시달리며 살았다.

베토벤의 아버지는 테너 가수였지만 4살 때부터 음악 공부를 강요하며 어린 베토벤을 밥벌이의 도구로 삼으려 했다.

어린 시절 베토벤은 우울하고 고통스럽게 보냈다. 그러다가 17세에 어머니를 잃었고 28세에 청각을 잃는 비참한 운명을 맞는다. 서른 초반에 죽을 결심을 하지만 결국 다시 도전하게 된다.

비록 귀가 들리지 않음에도 작곡에 몰두한 결과 대표작이라 할 수 있는 교향곡 제 3번 '영웅', 피아노 협주곡 제 4번 '운명'을 탄생시킨다.

그의 마지막 작품이자 가장 유명한 교향곡 제 9번 '합창'을 빈에서 지휘했을 때 관중들은 베토벤에게 아낌없이 커다란 박수를 쳐주었다.

청력을 완전히 잃은 베토벤은 들을 수가 없었다. 단원 중 한 사람이 베토벤의 몸을 돌려 관중석을 향하게 하였을 때 비로소 성공을 거둔 것을 알고 눈물을 흘렸다고 한다. 베토벤은 암흑 같은 시련을 꿋꿋하게 이겨냈기에 주옥같은 작품을 탄생시킨 것이다.

괴테가 '눈물을 흘리면서 빵을 먹어보지 못한 사람은 인생의 참맛을 알 수 없다.'고 했듯이 성공으로 가는 길에는 수많은 고난과 장애물이 있다. 그것을 스스로 걷어내며 가야 한다.

사과나무가 생육활동을 열심히 해서 하얗게 꽃향기를 피우며 주렁주렁 사과를 가득 안아도 겨울이 오면 다 내어주고 혹독한 추위를 견뎌야 한다.

무언가를 이루기 위해서는 따뜻함도 있고 혹독한 추위도 있는 것이 삶의 섭리이고 합의다.

원하는 것이 있다면 그것이 있는 방향으로 몸을 움직이며 정성을 다해야 한다.

간절히 원하고 열심히 일했다고 한 번에 영광을 안지는 않는다.

정말 열심히 했고 일하면서도 즐거웠다면 만족을 주는 '행복한 실패'다.

열심히 하지 않았는데도 성공을 했다면 불안이 따르는 '슬픈 성공'이다.

학창시절을 돌아보아도 시험 공부를 열심히 하지 않았던 과목이 결과가 좋게 나올 때가 있었다. 좋아서 교실을 폴짝폴짝 뛰어다니며 '재수 좋은 날'이라 단정하며 스스로도 시험 준비를 열심히 하지 않은 것을 인정하지만 마음은 불안하고 두려운 거다.

그러나 친구에게 개인 과외를 받아가며 공부한 과목이 결과가 나쁘게 나왔다고 하자. '이 문제는 이런 방법으로 풀면 돼', '아 그렇구나. 넌 참 쉽게 설명을 해' 친구와 함께 탐구하며 공부했던 기억은 점수가 좋게 나오지 않더라도 기분이 좋다. 웃으며 결과를 인정하고 다음 시험을 준비하게 된다.

'행복한 실패'와 '슬픈 성공'에는 분명한 차이가 있다.

'행복한 실패'는 '왜 실패했을까'에 대한 답에 다시 도전하도록 용기를 주지만 '슬픈 성공'은 언제 '달아날까 봐, 뺏길까 봐' 두려움에 떤다.

간절히 바라면서 정성을 다할 때 '행복이라는 햇살'은 나를 향해 달려온다.

누구도 내 인생을 대신 걸어줄 수는 없다. 그리고 행복과 불행은 타원형으로 이어져 돈다.

정성을 다하는 마음으로 불행까지도 기쁘게 받아들이는 것이 행복한 삶의 시작이고 끝이다.

책은
삶의 이정표이고 역사이다

나는 작정하고 정리하는 시간을 별로 좋아하지 않는다. 그래서인지 책을 사서 보고 나면 읽은 순서대로 정리해두거나 목록별로 책장에 꽂아두는 것이 아니라 아무렇게나 꽂는다.

나의 이런 버릇은 문장이 떠올라 확인해야 할 때 책장을 다 뒤집어 놓아야 자료를 찾을 수 있어 나를 지치고 힘들게 한다. 그리고 자료를 찾고 나서야 밤새도록 책에 파묻혀 책장을 말끔히 정리한다.

일 년에 서너 번 이런 일이 일어난다. 하지만 시간이 걸리고 정리정돈이 안 되어 있어도 글을 쓰는 나에게는 책장을 다 뒤집어 놓더라도 이 책 저 책의 추억을 끄집어내어 사연을 생각하노라면 과거의 아름다운 일들이 강물에 뜬 꽃잎을 보듯 지친 일상을 밀어내고 행복한 추억 속으로 나를 인도한다. 파도처럼 밀려드는 추억의 밀물을 반추하며 행복감에 젖는다. 그래서 순서 없이 아무렇게나 꽂혀 있는 책들을 밤늦도록 정리하면서 사색에 잠기는 것도 나쁘지가 않다. 정리가 부족한 것을 탓하거나 고치려 하지 않는다.

몇 달에 한 번이지만 다 쏟아놓고 정리하는 시간이 과거와 현재 그리고 미래를 조합해보는 내 삶의 정리의 시간이 되니까.

어렸을 적에 산 책들은 빛이 바래고 매캐한 곰팡이 냄새도 나지만 그 나름 대로의 추억의 무게를 안고 있다.

부모 곁을 떠나 객지생활을 하던 학창시절에는 사고 싶은 책을 맘대로 사 지 못했다. 늘 서점 책꽂이 모퉁이에 앉아 반나절을 읽다가 또 메모해 두고 는 주말이면 다시 가서 그 책을 읽곤 했다.

책이 읽고 싶어 교수님 연구실 조교로 있으면서 장학금을 받으며 대학을 다니던 나는 늘 지갑에 돈이 넉넉하지 않았다.

두툼한 셰익스피어 전집이 갖고 싶어 책방에 들러 수십 번을 만지작거리다 가 너무 비싸 포기하고 결국은 교수님 책을 빌려서 방학 동안 읽은 적도 있 다. 하지만 책을 살 때에는 무슨 돈으로 어디서 어떻게 구입한지를 꼭 책에 다가 메모해 두었다.

찰스 램의 말처럼 책을 구입하는 데 있어 어려움과 기쁨은 얼굴에 깊게 패 어 있는 주름살처럼 책은 나를 만나는 순간 나와 함께 나이가 들어 내 호흡 기, 내 시야를 아프게 한다.

방바닥에는 지도 교수님이 선물한 책, 연구실 교수님이 빌려준 책, 크리스 마스 때 선물 받은 책, 지인이 준 책, 제자가 선물한 책 등이 펼쳐져 있다.

책을 펼치면 여백마다 교수님의 강의를 놓치지 않기 위해 깨알같이 써놓은 스무 살의 내 필체와 교수님 얼굴이 오버랩 된다.

책의 제목만 보더라도 어디서 어떻게 나에게 왔는지 생생하게 떠오른다.

누워있는 책 모두가 행복했던 그때 그 순간을 다시 마주하듯 순서 없이 내 앞에 있다.

비록 서툴고 가난했지만 행복의 무게를 저울로는 달 수 없을 만큼 만족을 느꼈던 꿈 많은 학창시절이 강물에 떠오른 붉은 꽃잎이 되어 나를 아프게도 하고 기쁘게도 한다.

하지만 분명한 것은 그 책들은 돈으로 가격을 매길 수 없을 만큼 선물을 준 사람들의 혼이 담긴 책인지라 나에게는 엄청난 보물이다.

언젠가 벼룩시장에서 단돈 천원을 주고 구입한 루이제 린저의 〈생의 한 가운데〉는 지치고 흔들릴 때마다 쉬지 않고 읽는 책이다.

아픈 청춘 시절이 얼마나 힘들었으면 눈물을 뚝뚝 흘렸던 흔적이 책 곳곳에 번짐으로 남아 있을까.

"스스로를 감동시킬 만큼 최선을 다해 살아본 사람은 안다. 행복이 무엇인지.

행복은 보이는 것이 아니라 느껴지는 것이니까.

다른 사람은 몰라도 본인은 안다. 정말로 최선을 다 했는지는. 그러면 눈물이 난다. 나도 모르게."

아프고 방황했던 이십 대에 나의 정체성을 찾는 것에 도움을 준 것이 책이었다. 방황하고 흔들리고 일탈하는 것이 길을 잃는 것은 아니라는 것을.

그것이 때로는 나를 행복하게 해주는 행복한 모험이 되기 때문이다.

지금도 그 책을 가장 가치 있게 생각하는 책 중의 하나이다. 지금도 힘들고 지칠 때마다 그 책을 펼친다. 책을 읽는다기보다는 책을 통해 꿋꿋이 견뎌낸 그 시절을 추억하며 현재를 견디기 위해서이다.

작가인 나에게 있어 책을 읽는다는 것은 먼저 살다간 사람들의 경험을 통해 지혜를 배우고 삶의 방향을 정하고 미래를 설계하기 위함이다.

결국은 그들을 통해 나의 삶, 나의 역사를 재창조하는 것이다.

책 속에 책을 쓴 사람의 값진 고통이 녹아있기에 과거가 있고 현재가 있고 미래가 있다.

그래서 책은 그들의 삶이기도 하지만 책을 읽은 새로운 사람인 나의 여정이 기록될 나의 삶이고 나의 역사박물관이기도 하다.

전통시장에 가면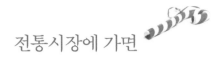

행복이 내게로 찾아와 껌처럼 달라붙어 떨어지지 않는다면 얼마나 좋을까. 누구나 지치고 힘이 들 때는 1퍼센트도 가능성이 없는 행운을 기대한다. 행운을 기대한다는 것은 살아있음을 느끼지 못할 때나 변화가 필요할 때이다. 그럴 때에는 전통시장을 가는 게 좋다. 야채, 과일, 생선 코너에 가면 엄마 같은 포근한 사람들이 많다.

상인들은 파는 것에 목숨을 걸만큼 혼을 담아 기절할 정도로 소리를 치며 손님과의 소통에 몰입한다. 가장 서민들이 모이는 곳이면서도 삶의 애착이 강한 사람들이 모여 있는 곳이다.

코끝에 스미는 비릿한 생선 냄새부터 식욕을 돋우는 파전 냄새, 매캐한 연탄불에 구운 바비큐 냄새, 김이 모락모락 나며 사람의 발길을 멈추게 하는 어묵 냄새 그리고 열심히 물건을 운반하는 사람들의 땀 냄새까지 다양한 삶의 향기가 많은 생각과 함께 치열하게 살아야 함을 각인시킨다.

시장에 가면 가진 것 없었지만 꿈을 향해 무모할 만큼 강하게 도전했던 예전의 나를 만난다.

진한 메이크업으로 나를 상품화시키기 위해 화려한 샹들리에 조명 아래에 앉아 책을 읽기도 하고 피카소의 후예처럼 값비싼 화가의 그림이 걸려 있는 고급 레스토랑에서의 불편한 만남까지 해묵은 영상들이 뽑기 인형처럼 튀어나온다.

지난 시절이 그리울 때마다 시장은 타임머신을 타지 않고도 추억 속으로 데려다 준다.

용기가 부족할 때마다 도전이 두려울 때마다 새로운 무엇을 시작할 때마다 시끄러운 전통시장을 찾아 힘을 얻는다.

어묵을 먹고 덤으로 받은 코끝까지 파릇한 봄나물만 보아도 배부르다. 에누리하는 것이 미안해서 부르는 가격 그대로를 지불하면 하나의 덤을 말없이 건네주는 착한 배려가 있는 곳이다.

한 번 가면 또 발길을 이끌게 하는 마음과 마음을 이어주는 곳,
전통시장이다.

풍부한 경험이
아름다운 인생의 완성이다

여행을 뜻하는 영어 '트래블(travel)'은 '세 개의 구덩이'라는 의미의 라틴어 '트레팔리움(trepalium)'에서 시작했다.

여행은 마치 고문당하는 것처럼 고생스러운 일이라는 의미에서 트래블이라는 단어가 탄생했고 괴로움, 고생을 뜻하는 '트러블(trouble)'도 트래블에 뿌리를 두고 있다. 과연 여행은 어떤 의미일까?

무심한 사람들은 현실도피라고 생각할 것이고, 좀 더 생각이 깊은 사람들은 새로운 창조를 위한 휴식이라고 여길 것이다. 그러나 곰곰이 생각해 보면 여행은 마음속에 머무는 그리운 섬이다.

휴식이나 피서를 가기 위함이 아니라 자아 발견의 시작이다.

집을 떠나 길을 나서면서부터 지친 일상 그리고 거미줄처럼 얽혀 있는 인간관계에서 자유로워질 수 있다. 여행은 내가 동경하는 미지의 곳으로 나를 이끌 수가 있다.

진정한 여행은 먹고 마시고 쉬는 동물적인 욕구가 아니라 나를 지극히 원초적이고 순수했던 처음으로 돌려놓는다. 백지 상태의 나를 만나게 되는 것이 혼자만의 여행이다.

내 안의 나를 찾아가는 여행이 인생이라면 그 동반자가 되어 나를 지켜주는 것이 길 위의 여행이다.

특히 혼자서 하는 여행은 내면적인 나를 관찰할 수가 있다. 혼자 길을 걸으며 지난날을 회상하고 반성할 때 나의 참모습을 발견하게 된다. '내가 누구이며 무엇을 해야 하고 어떻게 살아야 하는지'를 정확히 깨닫게 된다.

그리고 지나온 시간 동안 상처를 준 사람에게는 마음으로 용서를 구하고 상처를 받은 사람에게는 마음으로 배려하는 용서와 화해의 시간을 갖는다. 여행은 지나온 삶의 자취를 더듬으며 같은 잘못을 하지 않기 위해 반성하고 다짐하는 시간이다.

길 위에서 만나는 길 가르쳐주는 사람에게 정을 느끼고 성당 아래에서 부챗살처럼 쪼개지는 햇살에도 경이로움을 느낀다.

여행은 두려움이 아니라 편안함을 안겨주기에 목적 없이 이유를 따지지 않고 떠나는 것이다.

인생이 길 위의 여행과 같은 이유는 많은 사람과 동행하면서도 혼자 가야 하는 여정이기 때문이다.

혼자서 선택하고 결정하고 행동해야 한다. 그래서 인생과 많이 닮았다.

순간순간마다 살아 움직이는 풍경화 같은 그림이 펼쳐져 있는 여행, 그것이 인생이다.

"여행의 양(量)이 인생의 양(量)이다."라고 얘기한 누군가의 말처럼 풍부한 경험이 아름다운 인생의 완성이다.

경험하라, 살아있음을 느낄 때까지

이른 아침에 일어나 산에 올라 붉게 떠오르는 일출을 보는 것도 행복이지만 이제는 서산으로 노을빛 햇무리를 남기고 사그라지는 석양을 보는 것도 의미가 있다.

아마도 나이가 들었음이리라. 살아온 날보다 살아갈 날들이 적을 테지만 여전히 살아갈 날들이 많이 남아 있기에 이제는 하나를 보아도 허투루 생각되지가 않는다.

세상에 존재하는 모든 것들은 존재하는 이유가 있다.

일출에 사람들이 집착하는 이유는 아마도 희망을 갖고 있고 그 희망을 이루기 위한 간절한 소망 때문일 것이다.

지는 해를 보려고 하는 것은 살아온 날들을 반성하며 남아있는 시간에 대해 잘 살아가기를 바라는 염원 때문이다.

어떤 것이든 삶의 가치로 따진다면 희망이나 살아온 날들을 정리하는 반성의 마음이나 모두 간절한 축원을 담고 있다.

일출은 웃음과 기쁨을 안겨주지만 일몰은 쓸쓸함, 회한, 우수를 남긴다.

청춘 시절은 펼쳐진 모든 것이 무한하고 신비롭게 생각되기 때문에 삶을 잘 돌아보지 않지만 중년이 되면 초연한 마음을 가지고 차갑게 흐르는 겨울 호수를 들여다보듯 지나온 삶을 냉정하게 돌아보게 된다.

종종 강변에서 사그라지는 일몰을 볼 때마다 눈물이 맺히는 것은 살아온 날들에 대한 후회와 아쉬움이 많기 때문이다. 그렇다고 잘못 살아온 것도 아닌데 그래도 삶의 과정에서 상처 주고 상처 받고 살아온 시간이 있어 그 응어리가 맺혀있나 보다.

그리고 남은 시간을 더 이상 후회하고 아쉬워하며 살지 않기 위해 일몰을 보며 스스로에게 '잘 살겠노라' 다짐하는 시간이다.

그 어떤 사람이든 죽음보다 삶에 깊은 애정을 가지고 있다.

셰익스피어의 〈햄릿〉이 그의 비극적인 무대 위에서 그렇게 광적이었던 것도 죽음에 대한 두려움 때문이었을 것이다.

내가 일출을 보기 위해 오래도록 기다림의 시간을 갖는 것도 남은 삶을 잘 살아내리라는 다짐이 섞인 희망 때문일 것이다.

그리고 내가 뒷산에 올라 불덩어리 같은 해가 지평선 아래에 걸려 있다가 서쪽하늘로 힘없이 사라지는 것을 보는 것도 어쩌면 마지막에 대한 준비를 하고 있기 때문인지도 모른다.

뜨는 해와 지는 해는 두 가지 기대가 의식 깊은 곳에서 자리하기 때문에 보게 되는 것이다.

삶과 죽음은 자연의 현상일 뿐인데 왜 두려운 것인지.

미친 몰입이 비범한 성공을 거둔다

미래는 불확실하다. 그럼에도 불구하고 가치 있는 삶을 원한다면 최선을 다해 살아야 한다.

내일은 고통이 먼저 찾아올 수도 있고 기쁨이 먼저 찾아올 수도 있다. 그러나 고통과 기쁨이 동시에 찾아오지는 않는다. 삶에는 항상 양면성이 있다. 하나가 오면 또 하나는 멀어진다. 항상 '머피의 법칙'이 먼저 찾아올 거란 생각을 하고 대비를 해야 한다.

'머피의 법칙'은 이렇게 말한다.

"보이는 만큼 쉬운 것은 아무것도 없다. 세상 모든 일은 예상보다 오래 걸린다. 그리고 뭔가가 잘못된다면, 하필이면 최악의 순간에 그렇게 된다."고.

'머피의 법칙'이 삶에 가까이 있는 이유는 지나간 과거는 거울을 들여다보듯이 정확히 알지만 미래는 예측이 불가능하기 때문이다.

따라서 가장 현명한 대처법은 미래를 두려워하며 저항하기보다는 변화에 대비하며 순응하는 거다.

삶의 여정에서 가장 확실한 것은 나를 믿고 한없이 지지하는 거다.

그래야 어려운 문제에 직면해도 자신감을 가지고 스스로 해결할 수 있다.

성공은 높은 산을 오르는 것과 같다.

산을 오르는 것처럼 성공을 위해서는 험난한 위험, 실패 가능성, 도전에 직면한다. 성공으로 향하는 여정에서 숱한 문제를 만난다. 정상에 가까울수록 어려움도 크다.

하지만 힘들게 성공해야 만족감과 성취감도 크다. 그 맛에 실패해도 성공에 다시 도전하는 것이다.

성공이라는 것은 하루아침에 이루어지지 않는다. 아무리 온 마음을 기울여 전력투구를 하더라도 안 될 때가 많다. 1년, 2년, 심지어는 5년이 지나도 이루어지지 않을 수 있다. 그러나 포기하지 않고 매달리는 인내심이 중요하다.

내가 원하는 것이 무엇인지를 정확히 알고 그것을 이루기 위해 정성을 들여야 한다.

영화감독 프란시스 포드 코폴라는 "나는 준비하고 최선을 다해 일하고 있지만 10년, 11년 실패를 거듭하고 있다. 그러나 상황이 바뀌면 모든 것이 바뀔 것이다."라고 말했다.

코폴라가 말한 대로, 노력하고 기꺼이 기다릴 준비가 되어 있는 사람에게는 결국 좋은 일이 찾아온다.

성공을 위한 과정은 도전 속에 실패와 값진 경험, 기쁨과 슬픔을 안겨준다.

꿈을 이루는데 5년, 10년, 아니 한평생이 걸릴 수도 있고 이루어지지 않을 수도 있다.

현재 성공한 사람들은 어려운 과정을 묵묵히 견뎌냈다. 성공은 포기하지 않고 악착같이 매달여야 얻을 수 있다.

그리고 최선을 다한 후에 결과는 하늘에 맡겨야 한다.

하루아침에 성공한다는 거짓 스토리는 드라마, 영화에서 볼 수 있다. 하루아침에 성공할 확률은 1퍼센트 가능성도 없다. 인생에는 공짜가 없다는 말이다.

지나치게 욕심을 부리지 않으면 성공은 생각보다 빨리 다가온다.

그림이든 글이든 영화든 컴퓨터든 어떤 특정한 분야에서 성공을 거두고 싶다면 하는 일에 붙박이가 되어 미쳐야 한다.

미치도록 몰입하여 일하다 보면 끝은 보인다.

가슴이 느끼는 사랑을 하라

누군가를 사랑하는 일에도 나만의 약속을 한다.

머리로 계산하지 말고 가슴이 시키는 대로 사랑하겠노라고 하지만 행동은 쉽지 않다.

자꾸만 나의 상황과 나의 조건을 따지며 계산을 하고 있다. 내가 그 사람과 함께 생활하는 모습을 머릿속으로 시뮬레이션을 한다.

자꾸만 머릿속이 복잡해지고 거미줄처럼 얽혀지는 관계에 두려움을 느낀다.

여전히 다 내려놓지 못하고 사람을 판단하는 것은 아닐까? 사랑과 결혼은 확연히 다르다.

사랑은 영원히 이상 속에서 살 수가 있지만 결혼은 현실 속에 사는 것이다.

그것이 두렵고 힘든 것이다. 머리와 가슴은 토닥토닥 다투고 있다.

10년 전이나 지금이나 영원히 결론 없는 싸움 속에 갇힌다.

약속을 지키고 실천하며 마침표를 찍고 싶다. 이제는. 머리와 가슴이 하나가 된 상태를 만들어야 한다.

내게 주어진 시간이 별로 없다. 더 나이가 들기 전에 선택의 끝을 보아야
한다. 이제는.
남이 보기에는 불행한 선택이라 하더라도 내가 만족하고 행복하면 되는데
쉽지가 않다.
가슴이 느끼는 사랑, 그 안에 갇혀있다. 여전히 나는.

몰입이 정답이다

밤늦도록 원고 작업에 몰입하다가 눈을 뜨니 어제와 같은 모습으로 비가 오고 있다.

시계가 없었더라면 몇 시간을 잤는지 모를 만큼 잠에 깊이 몰입해 있었다.

3시간의 낮잠, 가끔씩 밤을 새면서 작업하는 날에는 늘 있는 일이다.

체력이 바닥난 것 같다. 오른쪽 손목이 아프고 팔이 아프다. 나이가 들었나 보다. 나도.

뜨거운 물에 담근 홍차 티백에서 물감 번지듯 붉은 액이 찻잔에 번진다.

뜨거운 물에 튀기듯 '탄다.' 홍차가.

잠이 덜 깼는지 모든 것이 몽롱한 오후 4시.

겨울새가 놀던 창밖의 풍경은 다시 바뀌었다. 겨울비 치고는 세차게 내린다.

잠에 덜 깬 내 영혼을 두드리듯 아프게 몰아친다.

아침나절에 시끄럽게 울어대던 새도 오늘은 어딘가에 숨어 비를 지켜보나 보다.

뿌리를 흔드는 메마름에 침묵했던 나무들도 기지개를 켜듯 숨가쁘게 물기를 빨아들인다.

깊디깊은 뿌리 속까지 젖도록 흐르도록 흡입하고 또 흡입한다.

쉬지 않고 소리 없이 제 길을 가는 자연의 움직임이 편안하다.

세상 모두가 자기의 자리를 묵묵히 지키며 치열하게 살아갈 때 세상은 편안하다.

사하라 사막을 걷고 또 걷다 집으로 돌아와 죽은 듯 깊은 잠에 빠진 가족의 모습에서 편안함을 느끼는 것처럼 세상은 사람도 자연도 동물도 식물도 움직이지 않은 듯 흐르는 강물처럼 유유히 자신의 일에 몰입할 때 수평을 이룬다.

세상이 거세게 내리는 겨울비를 맞으며 순응하고 몰입하듯 자신의 일에 스며들어 가슴으로 느끼는 몰입이 행복이다.

확신을 가지고 변명에서 벗어나라

실패한 순간을 되짚어보면 안타깝게도 삶의 장애물들을 설명하는 도구로 남을 탓하고 변명을 일삼았던 경우가 많다.

힘든 상태에서 벗어나기 위해 최선을 다하기보다는 누구에게 의지하거나 '누구 때문에, 무엇 때문에'로 단정 지으며 책임을 회피한다.

실패의 1차적인 원인도 그리고 결과에 대한 책임도 내 몫인데 남의 인생처럼 비껴가길 바란다.

실패와 실수의 원인은 다양한 핑계에 빠져 있다는 사실이다. 많은 사람들이 실제로 자기 자신의 변명을 철석같이 믿는다.

그러나 그 변명들이 가치 있는 목표와는 거리가 멀다는 것을 그 순간에는 깨닫지 못하고 오랜 시간이 흐른 후에야 알게 된다.

내가 실패한 원인은 나의 변명이 만들어낸 결과라는 것을 그리고 그 책임이 부메랑이 되어 내게 돌아온다는 것을 실패한 그 순간에는 알지 못한다.

나중에 후회하기 때문에 인간이 어리석다는 것이다.

살면서 변명하고 후회한 것들을 보면 '공부를 열심히 했더라면', '더 나은 부모에게서 태어났더라면,' '그 사람을 만나지 않았더라면' 등 셀 수 없이 많다.

하지만 변명과 후회가 많을수록 나의 삶은 더 고단해지고 지칠 뿐이다.

실패했더라도 훌훌 털고 다른 일을 시작해야 한다. 실패는 성공으로 가는 최고의 학습이다.

생각을 바꾸고 방향을 바꾸고 속도를 내서 다시 도전하다 보면 이룰 수 있는 것은 얼마든지 있다.

실현 가능한 목표를 설정해서 이전보다 더 많이 정성을 쏟아 노력하면 반드시 열매는 있게 마련이다.

온 정성을 다해 이 순간을 살아내는 것 그리고 지금 내 앞에 닥친 현실을 인정하고 소중하게 여길 때 현실도 나를 소중히 여긴다.

확신 그리고 도전을 게을리 하지 않으면 기회는 내 가까이에 있다.

빠르게 결정하고 실천하라

어니스트 헤밍웨이가 쓴 〈노인과 바다〉에 보면 이런 말이 나온다.

"나는 낚싯줄을 정확히 드리우는 편이야. 다만 운이 없을 뿐이지. 누가 알아? 어쩌면 오늘은 다를지도. 매일이 새로운 날이야. 운이 따르면 좋지. 하지만 그보다 빈틈 없고 싶어. 그래야 행운이 왔을 때 낚아챌 수 있지."
("I keep them with precision. Only I have no luck any more.
But who knows? Maybe today. Every day is a new day. It is better to be lucky. But I would rather be exact. Then when luck comes you are ready.")

어떤 일이든 신중하게 오랜 시간을 고민하고 나서 결정하면 실패할 확률도 적다.
일을 시작하고 나면 오래도록 고민하고 주저하게 만들었던 것들이 때로는 조금 더 편안하고 쉬운 방법을 택하기 위한 어설픈 핑계라는 것도 알게 된다.

하지만 그 어떤 일이든 시작하고 나면 두려움은 사라진다.

여행을 가보면 고속도로처럼 뻥 뚫린 길만 갈 수는 없다.

좁은 오솔길도, 험한 비탈길도 가고 때로는 개천에 빠지는 일도 있다.

일도 마찬가지다.

쉽게 시작해서 쉽게 결론 나는 것은 아마도 동전을 던져 앞뒷면을 맞추는 확률일 뿐.

삶의 그 어떤 일이든 단순하고 싱겁게 끝나는 일은 없다.

하다못해 물건 하나 사는 것도 선택해서 돈을 지불할 때까지 수많은 생각과 고민이 따른다.

삶의 순간의 선택이 '무엇 때문'이 아니라 '나를 위한', '나에게 좋은' 것으로 결론 짓는다면 두려움도 사라진다.

삶의 완성에 있어 용기와 자신감보다 더 우위에 있는 결단은 없다.

나를 과소평가하지 말고 신속히 결정하고 신속히 실천하라.

시작이 반이란 말이 있듯이 시작하면 일을 통해 오로지 나만을 위한 자유를 느낄 수가 있다.

삶의 완성에 있어
용기와 자신감보다
더 우위에 있는
결단은 없다.

Part 6

아모르 파티

(Amor Fati),

운명을 사랑하라

사랑했다, 그리고 사랑한다

★

사랑도 아팠지만 이별은 더 아팠다

떠나가는 네 뒷모습은

바람에 떨어지는 붉은 가을 나뭇잎의 실루엣처럼

나를 슬프고 아프게 하였다

그 어떤 사랑이든 사랑은 아름답고 고귀한 것인데

떠난 사랑의 얼룩은 오래 남고 상처는 왜 이리 깊은 것인지

그 얼마의 시간이 흘러야 널 잊고 지울 것인지

눈물 속에 아른거리는 회색빛 너의 실루엣

오래 지워지지 않을 것 같아

사랑했다, 그리고 사랑한다

정녕 가야 한다면

가는 것이 너를 편안하게 한다면

웃으며 보내줄게

사랑하니까 보내야 하는 거겠지

언젠가 그리움의 이파리 가지마다 파릇하게 피어오르더라도

내 가슴에 하나둘 묻으면 되지

이제는 꽃비 내리듯 흘러내리는 낙엽처럼

너라는 단단한 줄기에서 떨어져 나갈게

바람에 떨어지는 낙엽이 될게

그래도 네가 미칠 만큼 그리우면

붉게 물든 나뭇잎에 흘림체로 〈보고 싶다〉 라고 써서

바람에 안부를 물을게

사랑했다, 그리고 사랑한다

나를 기쁘게 해준 너를 사랑했고

너를 잠시 행복하게 해준 나를 사랑했다

내 사랑아 부디 울지말고 편히 떠나가길

너의 뒷모습 휘어진 골목 모퉁이를 돌 때까지

난 눈을 떼지 못했지

회한의 추억들이 한순간에 영화 필름처럼 되살아나서

눈물이 빗물처럼 흘렀고

내 가슴은 메스를 대듯이 쓰렸지

너 보내고 돌아서는 나에게

쏟아지는 가을 햇살은 한겨울 고드름처럼 얼고 있었지

너와 나의 추억의 이력, 이젠 내 가슴에 묻을래

사랑했다, 그리고 사랑한다

인생을
즐길 줄 아는 사람은
지금 자신이
하고 있는 일을
가장 소중히 여긴다.

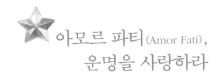

아모르 파티(Amor Fati), 운명을 사랑하라

살로메를 사랑했지만 사랑에 서툴렀던 독일의 철학자 니체가 이런 말을 했다. "네가 처한 운명을 사랑하라(Amor Fati)."

삶은 게임이다. 삶을 사랑하지 않는 한 사는 동안 파라다이스는 없다.

삶은 선물이고 미션이다. 마음으로 뜨겁게 느끼며 살자.

꿈은 또 하나의 선물이다. 그것이 얼마나 두근거리는 설렘이고 기다림인지.

원하는 것이 무엇인지 제대로 찾자. 모험을 가지고 도전하자.

어떤 고난이 닥치더라도 꿋꿋이 이겨내 꿈을 실현하자. 어둠이 깊을수록 빛이 선명하게 다가오는 것처럼 운명의 모든 순간을 긍정적으로 받아들이자. 앞에 놓인 문제를 신중하되 심각하게 받아들이지 말자.

눈에 보이는 코끝에 느껴지는 귀를 즐겁게 하는 모든 사물을 가슴에 담자.

아무리 바쁘더라도 매일 1시간을 투자해 흠뻑 빠질 수 있는 즐거움을 찾자.

기쁨을 주는 것들을 후회없이 사랑하자.

그것이 살아있는 동안 건강하고 행복하게 운명을 사랑하는 삶이다.

나를 꿈꾸는 그 붉은 뜨거움

인생은 살아가는 계획표를 한 장 들고 목적지를 찾아가는 여행이다.

마치 버스를 기다리는 출근길 승객처럼 죽을 때까지 무언가를 기다려야 하는 운명이다.

스무 살적 생각은 그랬다. 대학만 들어가면, 졸업만 하면, 취직만 하면 원하는 것을 다 이룰 수 있다고 생각했다.

그러나 대학을 들어가니 더 큰 목표가 나를 기다리고 있었고 대학 4학년이 되었을 땐 대학원을 가느냐 취업을 하느냐에 대한 갈림길에 서게 되었다.

어느 것을 선택하느냐에 따라 운명이 달라지는 것이다.

공부를 많이 해서 좋은 직장을 잡으면 무조건 성공과 행복이라는 두 마리 토끼를 다 잡을 수 있다는 생각은 환상일 뿐이었다.

공부한 만큼, 연봉이 높은 만큼 생각의 무게도 늘어나고 나눠야 할 책임도 많아진다.

반드시 학력이 높다 해서 성공하는 것도 아니고 원하는 행복이 보장되는 것도 아니다.

학력이 높으면 성공할 기회가 많아지고 행복할 조건이 갖춰질 뿐이다.

해리엇 비처 스토가 쓴 〈톰 아저씨의 오두막〉에 보면 이런 구절이 있다.

"아무리 먼 길도 반드시 끝이 있고, 아무리 어두운 밤도 결국은 동이 트게 돼 있다(The longest way must have its close,— the gloomiest night will wear on to a morning)."

삶에 있어 가장 중요한 것은 목표를 정확하게 정해서 꾸준히 실천하는 것이다.

누구에게나 삶의 마침표는 단 한 번뿐이다. 그러나 연습을 많이 하면 할수록 아름다운 마침표를 찍을 수가 있다.

인생은 배낭 하나 메고 내가 원하는 파라다이스를 찾아 세상을 탐험하는 것이다.

그 과정에서 거부할 수 없는 많은 것들을 만나게 된다. 인내력 테스트하듯이 오로지 목적지를 향해 견디고 또 견디며 살아가야 한다.

항상 살아가는 이유를 생각하면 된다. 그러면 '어디로 가서 무엇을 할 것인가'에 대한 목표와 방향이 보인다.

성공, 실패를 따지지 말고 정해진 목표를 향해 달리면 된다.

후회가 찾아오지 않을 만큼.

살기 위해 엄마 젖꼭지를 빨 때처럼 있는 힘을 다해 몰입하는 것이다.

그것이 꿈을 이루게 하고 성취감을 느끼게 하는 최고의 방법이다.

멈추면,
숨 막히도록 아름다운 춤을 추어라

인생은 한 권의 책이라는 말이 실감난다.

누구나 어려서는 아무것도 몰라 세상이 시키는 대로 부모가 주는 대로 받고 자란다.

어른이 되어서는 그저 '열심히 살면 잘 되겠지' 하고 막연히 기다린다.

직장을 잡고 부모도 해결할 수 없는 삶의 고비를 만나서야 삶의 선택권이 나에게 있다는 것을 알게 된다.

어려서는 어리석게도 기회가 넘쳐날 것 같아 인생이라는 책의 소중한 페이지를 마구 넘겨 버린다.

실수도 하고 실패도 하고 좌절도 하며 그것이 또 하나의 학습 효과라는 것을 알게 된다.

단 한 번 쓸 수 있는 것이 인생이라는 책이다. 때문에 그 어떤 삶이든 즐거워야 하고 행복할 권리가 있다.

인생에는 예습도 복습도 두 번이라는 기회도 없다.

돈이 많든 적든, 명성이 높든 낮든 누구나 공평하게 단 한 번 연기하고 무대에서 내려와야 한다.

시간이 흐르고 나서 시간을 되돌릴 수는 없다. 후회해도 소용이 없다.

후회하는 순간 이미 시간은 많이 흘렀고 남아 있는 시간이 많지 않다. 그러나 해결해야 할 것들은 많다.

'왜 나는 부자가 아닐까?', '왜 나는 이 모양일까?'를 고민하기보다 "왜 나는 지금 즐겁지 않은가?'를 고민하자.

삶의 목적은 행복이다.

즐겁게 사는 사람들을 보면 공통점이 있다.

그들은 돈이 많거나 사회적으로 성공한 사람들이 아님에도 행복해 한다.

이유는 오로지 자신의 삶을 즐기며 살아가기 때문이다. 그 어떤 삶이든 노력하지 않고 그저 얻는 행복은 없다.

행복으로 바로 가는 일곱 계단은 그 어디에도 없다.

단 번에 오르는 경우도 없다. 수없이 오르고 내리기를 반복해야 한다.

다른 사람과 비교하지 않고, 먼 미래에 만나게 될 기쁨이 아니라 이 순간이 중요하다.

인생을 즐길 줄 아는 사람은 지금 자신이 하고 있는 일을 가장 소중히 여긴다. 정성을 쏟은 만큼 일에 대한 만족도가 높고 행복하다는 믿음도 강하다.

삶의 행복 선택권은 나에게 있다. 부모도 형제도 친구도 대신 선택해 줄 수가 없다. 오로지 내가 내 삶의 소유자이다.

목적의식을 갖고 감사하며 살면 매일매일 숙제를 해야 하는 슬픔의 무대가 아니라 화려한 축제의 무대가 된다.

삶이라는 무대의 감독도, 배우도 나이고 대본도 내가 쓴다.

그 안에서 짧게 길게 웃고 우는 내 그림자 같은 것이다.

삶이 멈춘다면 행복이라는 그림자는 없다. 기회가 내 앞에 멈출 때 멋진 춤을 추어라.

내 앞으로 난 물길을 따라 움직이며 춤추는 그림자의 춤.

그것이 행복이다.

춤추고 느끼고 호흡하라, 숨 막히도록 아름다운 춤을.

사는 이유는 결국 행복하기 위해서다

숲속에 빽빽이 들어선 나무도 서로에게 부딪치지 않고 살아갈 때 가장 아름다운 풍경을 연출한다.

사람 또한 보이지 않는 간격을 지키며 사는 것이 상처를 덜 주고 삶에 대한 예의를 갖추는 것이다.

그럼에도 불구하고 사는 동안 보이는 것, 보이지 않는 것에 의해 상처를 주고 받는다.

어쩌면 인생이라는 것은 내가 바라고 내가 원하는 나만의 공간을 만드는 것인지도 모른다.

그곳에서 좋은 사람들과 가진 것을 나누며 함께 웃으며 살아가는 것이다.

먹고 살기 위해 치열한 몸부림, 직장 속에서 어지럽혀진 몸과 마음을 위로받고 쉬기 위해 집을 찾는다.

오로지 나를 위해 웃고 사색하는 시간을 갖는다. 그런 친구, 물건, 풍경을 찾아 위로받는다.

왜, 사는 이유는 결국 행복하기 위해서다.

슬플 때에 소리 내어 울어야 하지만 정말 슬프다고 느낄 때 눈물이 나오지 않을 때가 있다.

십 년 전에 아버지가 돌아가셨다는 전화를 받았을 때 눈물이 나오지 않았다.

마치 '슬픔이란 감정에서 가장 멀리 벗어나 있는 존재'라는 몽테뉴가 한 말처럼.

아마도 믿기지 않을 만큼 기가 막힌 일을 당했기 때문일 것이다. 죽음이 현실로 느껴진 아버지의 죽음이었다.

'사람은 죽는다, 나도 죽는다.'라는 메시지가 무섭게 내 뒤통수를 치며 달아났으니까.

사람은 눈을 뜨고 감는 순간까지 수레바퀴를 끌어야 하는 운명을 타고난 존재이다. 방향도 목적지도 내가 선택해야 한다.

누군가가 도움을 주기 위해서 뒤에서 밀어줄 수는 있어도 앞에서 끌 수는 없다. 삶의 고민이 얼마나 많으면 과테말라의 고산지대에 살고 있는 인디언들은 '걱정 인형'을 만들어 놓고 고민거리를 잠들기 전 인형에게 말한 뒤 베개 밑에 넣고 자는 습관이 생겼을까.

아마도 내일 무슨 일이 일어날지 모르지만 이 순간만큼은 편안하게 잠들기 위해서가 아닐까.

풍경이 아름다운 행복한 삶을 원한다면 쓸데없는 고민을 벗어버려야 한다.

단지 인내와 성찰을 가지고 인생이라는 수레바퀴를 끌어야 한다.

수레바퀴는 길 위에서 움직여야만 생명력이 있고 빛이 난다.

열심히 일하면서 움직일 때 바퀴도 수레도 반짝반짝 빛이 난다.

가치 있는 일은
시간이 걸리는 법이다

얼마 전 한국 시문학을 대표하는 작가가 돈이 없어 자식을 대학에 보내지 못했다는 기사를 보고 가슴이 먹먹해졌다.

아마도 1퍼센트에 해당하는 베스트셀러 작가를 제외하면 전업 작가로 글을 써서 밥을 먹고 사는 사람은 거의 없을 것이다.

비정규직 지식노동자라고 할 수 있는 작가의 삶을 살아보지 않은 사람은 이해하기 불가능하다.

나도 예외는 아니다. 월말에 수북이 쌓이는 고지서를 보면 심장이 멎을 만큼 통증이 찾아온다.

부모에게 물려받은 유산이 많지 않은 이상 원고료, 인세로는 밥을 먹고 살수가 없다.

대부분 작가가 투잡을 가지고 글 쓰는 것을 포기하지 않고 살아간다. 나 역시 마찬가지이다.

낮에는 프리랜서 지식노동자의 삶을 살고 퇴근하고 나서야 나에게 행복을 안겨주는 미친 글쟁이가 된다.

밥은 굶어도 글을 쓸 때가 가장 신이 나고 행복하다고 느끼는 나도 때로는 작가의 운명을 타고난 내 삶이 우울하고 서글플 때가 있다.

그런 생각이 들 때면 가지 않아도 될 길을 괜히 왔나 싶기도 하고 때로는 절필을 하면 맘이 괜찮을까 싶어 며칠 글을 일부러 쓰지 않기도 한다.

앞이 보이지 않을 만큼 막막하고 참을 수 없을 만큼 고통스러울 때는 하던 일 그대로 두고 바다를 찾는다.

바다를 보고 있으면 현실과 많이 닮았다는 느낌이 들어서이다.

거친 파도와 싸워 동그랗게 변한 조약돌처럼 사람도 냉혹한 세파와 싸워 이겨내야 삶이 편안해질 수가 있으니까.

세파에 밀려왔다가 다시 쓸려가면서도 살아남기 위한 치열한 몸부림, 거센 파도 속에서도 삶의 고비를 겨우 넘기며 청춘을 불살랐던 마흔까지의 삶이 눈앞에서 너울이 되어 춤을 추기도 한다.

가장 힘들었던 순간을 추억하노라면 힘들어도 끝까지 가야 한다는 강한 믿음과 만나게 된다.

이제는 글을 쓰지 않는 순간이 두렵고 불안하다. 결국 내 운명은 작가라는 사실을 삶의 고비를 여러 번 넘고 나서야 알았으니까.

무슨 일을 하건 내가 잘할 수 있고 그 일을 함으로써 마음이 즐겁다면 나에게 행복을 주는 일이다.

물론 행복의 기본 조건은 무슨 일을 하든 최소한의 의식주는 해결되어야 한다. 당장 밥 해먹을 쌀이 없다면 마음 편히 글을 쓸 수가 없다.

가족에 대한 책임도 내 몫이기 때문에 낮에는 가족을 위해서 일을 하고 밤에는 꿈을 위해 글을 써야 하는 삶이 작가이다.

누구나 살면서 벼랑 끝의 순간을 여러 번 만나게 된다.

어떤 사람은 인생의 후반에 실직을 하고 생활고에 시달려 죽음 직전까지 가게 된다.

가야 할 목적지에서 멀어진다고 생각할지 모르지만 그것이 용기 있는 도전이 되어 새로운 삶을 사는 기회가 되기도 한다.

어떤 시련이 찾아오든 '운명이야. 더 이상 어쩔 수 없어' 라며 포기를 하면 그것은 나의 운명이 된다.

하지만 나쁜 상황을 노력해서 빠져나간다면 운명도 바뀌게 되는 것이다.

치열하게 살다가 내 힘으로 안 된다고 느껴지면 종교의 힘에 의지해 교회를 찾아 백일기도를 한다든가 시골 산사를 찾아 삼천 배의 절을 올리며 나를 돌아보는 것도 안정을 찾는 방법이 된다.

진심어린 노력과 정성이 다하면 되는 것이다. 그 다음은 하늘의 뜻에 맡기면 된다.

아무리 연극이 재미있거나 재미가 없어도 시간이 지나면 끝나는 것처럼 삶의 고통은 스치면서 지나가게 되어 있다.

어둠이 없다면 빛도 없을 것이고 슬픔이 없다면 기쁨도 존재하지 않을 것이다.

삶의 이유는 누구나 행복이다. 내가 애타게 찾는 그 행복도 불행을 겪어내지 않으면 내게로 오지 않는다.

시간이 걸리더라도 내게 온 모든 것을 마음으로 껴안으며 살아갈 때 삶은 살만한 가치가 있는 것이 된다.

빛과 그림자가 함께 해야 서로의 가치가 인정되는 것처럼 행복과 불행이 함께 할 때 서로의 존재감은 확인되니까.

길 위에서 추억을 만들어가는 보헤미안처럼

누구와도 소통을 하기 싫고 아무 생각도 하고 싶지 않을 때는 자연을 찾는 것이 좋다.

바다를 간다면 할 수 있는 일은 무작정 백사장을 걷거나 쭈그리고 앉아 모래성을 쌓거나 수평선을 바라보는 일이다.

물론 바다 건너에선 꼬마 아이들이 고무줄 놀이를 하며 나비처럼 나풀거리겠지만.

여행이란 몸은 나에게서 멀어지지만 마음은 나를 찾아 돌아오는 것이기에 모든 것이 단순해진다.

물론 생각은 과거, 현재, 미래까지 끄집어내어 '이럴까, 저럴까'하며 숱하게 밀어내고 끌어당기는 동작을 하겠지만.

바다 끝까지 왔다가 다시 사라지는 파도처럼 삶이란 과거의 인연, 미래의 인연을 잡고 놓치고 하면서 흔들리는 연습이다.

그럼에도 지치고 힘들 때는 자연이 정답이다.

목적지를 갖고 여행을 떠나는 것이 아니라 발길 닿는 대로 마음 가는 대로 떠나는 게 좋다.

걸으면서 해결해야 할 문제들에 대한 물음과 정답치가 오간다.

어쩌면 여행은 길 위에서 삶의 물음에 대답을 찾기 위함이다.

길 위에서 부딪치는 햇살의 방향이 여행의 목적지가 된다.

속도를 늦추며 지나온 시간을 돌아볼 필요가 있다.

바다 주위를 날아오르는 데 익숙하고 그것에만 길들여진 괭이갈매기처럼 길 위를 걸으며 방향을 찾아 눈감아도 익숙해질 만큼 목적지를 뚜벅뚜벅 걸어가야 한다.

아삭거리듯 사과 향기 가득한 길 위에서 추억을 만들어가는 보헤미안처럼.

행복의 파라다이스는 어디일까

엄마 자궁에서 밖으로 나오는 순간 수많은 선택과 기회가 기다린다.

원하는 것이 무엇이고 어떤 계획으로 실천을 해야 목표를 달성하여 원하는 멋진 삶을 사는지는 오로지 내가 선택하고 행동한 것에 따라 결정된다.

미국의 시인 월트 휘트먼은 "어느 누구도 당신을 위한 길을 여행할 수는 없다. 그 길은 당신 스스로가 가야 할 길이므로."라고 말했다.

인생은 내가 선택한 길을 가는 것에 따라 직업, 인연의 고리에 따라 내 운명이 만들어진다.

일을 선택하는 데 있어 내가 좋아하고 잘할 수 있는 일을 선택해야 한다.

남이 원한다고 해서 무작정 선택했다가 적성에 맞지 않아 그만두는 경우가 있다.

"당신을 위해 끓지 않는 냄비에는 숟가락을 넣지 마라."는 로마 속담처럼 좋아하고 잘할 수 있는 일을 선택하고 그 일에 충실할 때 냄비가 오로지 나를 위해서 끓기 시작한다.

삶을 가치 있게 만드는 일은 하는 일을 좋아하고 성격에 맞고, 특별한 재능도 있어야 한다.

나를 행복하게 하는 일에 최선을 다하고 사랑할 때 좋은 직업이 되어 나를 기쁘게 한다.

또한 안주하지 않고 계속해서 노력하는 사람에게만 큰 만족을 안겨준다.

멈추지 않고 끊임없이 생각하고 노력하는 자세가 일에 만족과 행복을 부른다. 주변을 돌아보면 자신에게 맞는 직업을 갖고 만족을 하며 사는 사람을 볼 수 있다.

일이 좋아서 취미로 시작했다가 부자가 된 사람도 있다.

자연을 보아도 시원하게 느껴지는 바람이 있는가 하면 온몸을 끈적이듯 눅눅한 습기를 머금고 다가오는 바람도 있다.

마찬가지로 꿈을 이루어 삶의 가치를 풍부하게 만드는 기회는 누구에게나 온다.

때로는 불이익을 안겨주기도 하고 지치게 하기도 하고 실패를 안겨준다.

하지만 포기하지 않고 끝까지 내 것으로 만들어 만족감을 느낄 때 성공을 맛보게 된다.

준비된 사람에게 기회는 찾아오고 노력하지 않고, 실패하지 않고, 고통없이 성공할 수는 없다.

꿈은 누구나 꿀 수 있지만 꿈을 이루는 사람은 하늘의 선택을 받는다. 포기하지 않고 죽을힘을 다해 노력하는 사람만이 가치 있는 결과를 얻는다. 삶을 행복으로 완성시키고 싶다면 지금 내가 하는 일, 지금 나와 같이 있는 사람, 지금 내가 있는 이곳이 파라다이스라는 것을 잊지 말자.

한계에 맞서 싸워라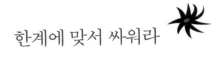

삶의 진정한 성취와 행복은 무엇일까?

그리고 현재보다 더 나은 삶을 살려면 어떻게 해야 할까?

삶의 진정한 성취와 행복은 내가 바라는 꿈을 이루고 꿈의 실현뿐만 아니라 꿈을 이루는 과정에서 만족감을 얻었다면 그것이 행복이다.

행복은 느낌이다. 행복은 마음이 편안한 상태, 그리고 무엇을 하든 웃음이 나오는 상태이기 때문이다.

비록 큰 부자나 사회적 지위가 높은 사람이 아니더라도 현실에 만족감을 느낀다면 삶의 가치는 충분하다.

현재 삶이 만족스럽지 못하다면, 더 나은 삶을 살고자 한다면 세상의 변화에 긍정적으로 순응하며 자신을 바꾸어야 한다.

물론 말보다 행동이 중요하고 생각보다 실천이 중요하다.

실패하거나 현실에 만족하지 않는 대부분의 사람들은 스스로가 해낼 수 있는 것에 대해 한계를 두고 있다.

'나는 반드시 할 수 있다'가 아니라 과연 '이것을 내가 할 수 있을까?'로 자신의 능력에 의문과 불신을 가진다.

성공한 사람은 삶을 대하는 방식에 있어 삶이 나를 '어떻게 대해주느냐'가 아니라 내가 삶에 '어떻게 반응을 하느냐'에 중점을 둔다.

역경 속에서도 기회를 찾으려고 애를 쓴다면 반드시 기회는 찾아온다.

기회는 준비하고 노력하는 사람 곁에 서성인다. 내 앞에 놓인 기회를 놓치지 말자.

놓친 기회는 두 번 다시 찾아오지 않고 어떤 기회든 한 곳에 오래도록 머무는 습성은 없으니까.

한낱 여행자일 뿐

세상은 너무나 가혹하고 치열하게 늘 이기는 것, 행복해지는 것만 가르치지만 그 누구도 사는 동안 이기는 것보다, 행복한 것보다 패배하고 절망하는 순간을 더 많이 만난다.

행복한 순간은 아주 짧다는 것을 삶의 종착역에 가까워서야 알게 된다.

후회는 늘 나중에 찾아와 사람들을 힘들게 한다. 살면서 사랑의 꽃향기는 옷자락에 묻히고 삶의 고통은 깊이 패인 주름살로 다가와 훈장처럼 전신을 껴안아도 부는 바람에 흔들리기도 하고 쏟아지는 폭우를 맞으며 쓰러지기도 한다.

소풍을 끝내야 할 시간이 오면 대통령도, 음악가도, 시인도 이 생에서 가진 타이틀을 다 내려놓고 '소풍이 참 행복했습니다, 소풍이 그래도 좋았습니다, 소풍이 행복하지 않았습니다.' 그중의 하나의 메시지만 안고 떠나야 한다.

결국 시커멓게 곰팡이 번지듯 얼룩진 삶의 피멍이 든 육체는 땅속으로 들어가 또 다른 삶의 구경꾼이 되어 소풍 끝낸 영혼은 하늘을 향해 한 마리 새가 되어 훨훨 날아가야 한다.

죽기 전에 해야 할 것들

"죽기 전에 꼭 해야 할 것들(버킷리스트)"이라는 말이 요즘 유행처럼 번지고 있다.

삶의 중턱을 지난 나에게도 이 말이 점령군처럼 서서히 스며들고 있다.

반 고흐가 죽기 직전에 자신이 보고 경험한 삶의 현실을 〈밀밭 위의 까마귀〉라는 작품에 남겼듯이 작가로 살고 있는 나도 치열하게 살아온 삶의 흔적을 판매량의 많고 적음에 상관없이 지문 찍듯 삶의 과정을 문장으로 남기고 있다.

인생 1막이라 할 수 있는 삶의 전반전은 꿈을 찾아 먹고 살기 위해 날고 뛰었지만 돈은 나에게 따라 붙지 않았다.

어쩌면 부자는 태어날 때부터 부자인지도 모른다. 운명처럼.

돈과 인연이 없다고 생각한 후에는 꿈이라도 이루고 싶어 하이에나처럼 달리고 있다.

'어디서 와서 어디로 가야 하는지' 나침반도 없는 삶속에서 빵과 우유를 먹으며 달렸다.

한때는 학생들을 가르치며 산다는 것이 축복받은 삶이라고 생각했는데 교사 생활을 그만두고 시를 쓰면서부터 나의 운명은 아픈 영혼을 위로하는 작가임을 깨달았다.

그 사실을 인정하기까지 많은 흔들림과 방황이 있었지만 덕분에 문학을 이해할 수 있는 넓은 시야를 갖게 되었다. 누군가 나에게 버킷리스트가 무엇이냐고 묻는다면 앞으로 얼마의 책을 집필할 시간이 남았는지 모르지만 치열하게 삶과 싸워 이겨낸 나를 위로하며 응원하는 성찰의 글을 쓸 것이다.

어쩌면 전쟁 같은 삶을 살았기에 내 언어의 화랑에는 삶과 죽음의 경계에 서 있는 어휘들이 많다.

그만큼 화려했지만 잔혹하도록 고독했다는 사실이다.

삶이란 어쩌면
모래시계에 담겨 있는
모래알 같은 것인지도
모른다.

내어준다는 의미

청춘은 새로운 인연에 적응하고 길들여지는 시기이고 중년은 떠나보내는 것에 적응하는 시기이다.

무언가는 시작하는 것에도 원칙이 있듯이 이별하는 것에도 아름다운 원칙은 존재하리라.

티베트 속담에 "내일과 다음 생 중에 어느 것이 먼저 올지 아무도 모른다."는 말처럼 단지 젊다는 이유만으로 나이가 들었다는 이유만으로 죽음이 나이 순서대로는 진행되지는 않는다.

모두가 퇴근한 사무실에서 일을 하다가 마지막으로 전등을 끄고 나오는 회사원도 외로울 것이고 환한 모니터 속에 키보드를 잘못 눌러 사라진 원고를 다시 찾고 있는 작가인 나도 서글프고 마지막 버스가 지나간 자리 모퉁이에 버티고 있는 제멋대로 작동되는 300원짜리 낡은 커피 자판기도 아릿함을 쏟아내고 있다.

모든 것들이 언젠가는 서늘하게 사라진다. 사람도, 버스도, 모니터도, 커피 자판기도 새로운 것들로 대체된다.

대학을 갓 졸업하고 첫 직장을 잡던 시절 하늘 높은 줄 모르고 오르기만 했던 그래서 세상 모든 것들이 나를 위해 존재한다고 생각했던, 나를 가장 화려하게 부풀리고 가장 아름다운 색깔로 물들여 놓았던 것들이 이제는 제 색깔도 잃고 퇴색된 지 오래다.

이젠 내가 아니어도 모든 것은 작동이 되고 새로운 빛을 낸다는 사실을 인정하게 되었다.

세상의 그 무엇도 영원한 것은 없다.

젊음도, 명예도, 재산도, 권력도 예정된 시간이 오면 그 누군가에게 내어주고 말없이 떠나야 한다.

늘 있던 그 자리에서 존재감을 드러내는 별이 되고 싶어 치열하게 도전했던 청춘도 생명이 다한 가로등처럼 희미하게 깜박이고 있다.

꼭 필요했던 그때 그 시절처럼 지금은 내가 없어도 다른 무언가가 나를 대신해서 화려한 도시를 밝혀주고 있다.

예정된 시간이 오면 그들도 다른 누군가에게 자리를 내어주고 떠나겠지만. 가치 있는 것들을 내어준다는 것은 아름다움이다. 내어줄 것이 많다는 것은 살아온 삶이 충실했다는 의미이다.

그것이 권력이든, 명예든, 지위든, 돈이든, 많은 것들을 내려놓고 마침표를 웃으며 찍는 사람이 행복한 사람이다.

삶의 애환을 압축해서 표현한 고은 시인은 이렇게 표현했다.

내려갈 때 보았네./올라갈 때 보지 못한/그 꽃.

(I saw it, when coming down./The flower I did not see/On the way)

Part 7

다시
바람이
붑니다

너를 사랑하다 사랑하는 법을 배웠다

사랑의 시작과 끝은 어디에도 없다는 것을
사랑이 시작되는 순간부터 세상의 중심은 나라는 것을
너를 사랑하면서 알게 되었다
지독한 사랑을 하게 되면 몸보다 가슴이 따스해진다는 것
너를 사랑한 후에 알았다

생각하면 너와 나의 사랑
쉼표도 마침표도 없이 끝없이 이어진 하늘길 같다

늘,
내손을 잡아당기며 너에게로 이끄는 힘
가끔은 너의 손을 잡아 나에게로 이끄는 힘
그래서 우리 사랑은 너무나 닮은 것 같다
아무리 힘들어도 웃는 네 얼굴 바라보면서 힘을 얻는 것
넘어지다가도 벌떡 일어서는 것

가끔은 너로 인해 내 맘 가시나무처럼 흔들려도
묻고 싶은 말들 맘속에 숨겨두고 말 못한 채
혼자서 가슴앓이 하는 나

그저 까만 하늘 아래 외롭게 떠있는 초승달을 보며
너를 위해 기도하는 것
가슴 저리게 너를 보고파 하는 것
네가 그립다, 너를 사랑한다
그래서 미안하다는 말을 꾸욱 삼키는 것
그리고 찾아오는 따뜻한 위로의 아침 햇살처럼,

이제 보니 사랑이란
오랜 키스처럼 달콤하지만 아쉬움이 남는 것
그리고 오래오래 스며드는 그 무엇이지
머리부터 발끝까지 찾아오는 기분 좋은 전율 같은 것이야

마치, 나무가 예쁘게 자라면
나무 뿌리에서 줄기로 타고 올라가
꽃을 피우는 기분 좋은 신음 소리 같은 것이겠지
속으로만 꽃피는 무화과처럼
서로의 몸속으로 오래 머무는 그 무엇이 되는 것이겠지
서로의 가슴을 따뜻하게 데워주는 둘만의 긴 추억이 되겠지

아!
오늘도 남쪽으로 창을 열면 내 사랑이 보인다
햇살 아래 눈부신 네가 보인다

내 생애
가장 아름다운 선물은
당신이 나에게
흘리고 간
사랑이었어요.

다시 바람이 붑니다 1

말 못할 그리움을 배낭에 가득 채워 어깨에 메고 당신에게로 갑니다.

끝없이 이어지는 당신을 향한 거룩한 목마름을 안고

내딛는 내 발길 떨어지는 낙엽을 사뿐사뿐 즈려밟으며 당신에게로 갑니다.

초췌한 가을, 때 이른 찬바람에 억새밭도 울고 있습니다.

가는 길목마다 뚝뚝 흘러내리는 아픔의 혈흔이 나를 슬프게 하여도

내 안에 자리한 파릇한 새싹의 꽃가지 품에 안고 맨발로 계단을 오르고 또

올라 퉁퉁 부어오른 발의 통증도 잊은 채 당신에게로 갑니다.

한걸음 내디딜 때마다 늘어나는 보고픔의 갈증은 내 눈물샘까지 터지게 하

였습니다.

흐르는 눈물에 시야가 흐려지고 당신 때문에 내 삶에 장착된 렌즈 구도(構

圖)가 흔들리더라도

애써 흐려진 부분을 닦고 또 닦으며 당신에게로 갑니다.

멀리서 내 발걸음 느끼며 섬진강 왜가리가 되어

긴 목을 쭉 빼고 창밖을 내다보고 있을 당신이 있기에

하얗게 부서져 내리는 휘어진 달빛을 이정표 삼아

아무리 힘들어도 행복한 마음으로 기어이 당신을 만나러 갑니다.

당신에게로 가는 역으로 지금 갑니다.

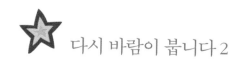

등이 굽은 낙타처럼 오늘도 당신이 있는 곳을 향해 몸을 굽혔습니다.

어제처럼 표정 없는 당신을 향해 세상에서 가장 아름다운 불을 지폈습니다.

겨울 햇살, 겨울 바람에 바싹 마른 장작을 넣어

몸을 조아리며 당신의 눈높이에 맞춰 불 조절을 했습니다.

이별해 본 사람만이 만남의 소중함과 사랑의 아름다움을 알듯이,

기다려 본 사람은 기다림이 얼마나 힘든 일인지 알 것입니다.

오늘도 당신에게로 떠나고픈 마음을 키박스를 채워 묶어 두었습니다.

지나간 추억만을 안고 살기에는 내가 당신을 너무 사랑한 것 같습니다.

당신을 향해 타오르는 불꽃은 시간이 흐를수록 더 붉은 얼굴이 되어 내 곁에 머뭅니다.

우연이라는 이름으로라도 부딪칠 수 있다면 참 좋겠습니다.

오늘도 속으로, 속으로만 우는 내 심장에 핀 눈물 꽃 한 송이

향기 없는 모란꽃이 되어 당신을 향해 고개를 숙입니다.

다시 바람이 붑니다 3

이 밤, 휘영청 불 밝힌 둥근 달 하나 당신의 얼굴처럼 보입니다.

물 위에 떨어진 나뭇잎 한 장이 파문을 일으키듯.

종기처럼 곪은 나의 고결한 사랑, 이제는 터지려 합니다.

메스를 든 당신은 이리저리 두리번거리며 여전히 망설이고 있습니다.

어둠을 베어 버린 칼날 앞에 오늘이라는 순간은 기억의 창고로 숨어버렸습니다.

무엇을 탐한 듯 날카롭게 비명 소리를 내며 새벽을 가르는 길고양이가 보입니다.

어제는 오늘의 덫이고 오늘은 내일의 덫인 것을……

술의 취함은 자고 나면 사라지지만 사랑의 취함은 시간이 흐를수록 더 어지럽고 쓰리며 더 깊게, 더 서럽게 취하게 한다는 것을 당신은 아시는지요.

당신이 남긴 파문의 흔적 때문에 사랑의 뿌리는 여전히 젖고 있습니다.

하지만 여전히 당신은 동쪽을 바라보고 있고 난 서쪽을 바라보고 있습니다.

언제쯤 우리는 한 방향을 바라보며 눈을 맞출까요.

오늘도 당신 손길 닿으려 마음 먼저 길을 나섭니다.

넘을 수 없는 국경선을 두려움 없이 건너 당신에게로 갑니다.

당신이 내게로 흘려놓은 언어의 조각들,

내가 당신을 향해 뱉은 단어들을 하나둘 주워 담아 퍼즐 맞추듯 정리하고 있습니다.

여전히 안개 속인 당신과의 인연이지만 기다림이 있어 그래도 행복합니다.

기다릴 사람이 있다는 것, 당신이 던진 파문, 그것은 축복이니까요.

당신에게도 나에게도 거룩한 축복이란 생각을 합니다.

다시 바람이 붑니다 4

종일 아픔이 떠나지 않네요.

천천히 땅속 깊이 파고들어 은밀한 호흡소리까지 듣는

한겨울의 눈처럼 통증이 살 속까지 스며들어 몰래 숨어 우네요.

아닐 거라고 그렇게는 안 될 거라 말한 당신,

아프도록 비린내 나는 사랑은 이렇게 뼛속 깊이 스며들었잖아요.

취하도록 마신 술 다 토해 내는 것처럼

내 안에 스며든 사랑도 한꺼번에 토해 낼 수 있다면 좋겠어요.

이럴까 저럴까 망설이다 선택할 수밖에 없었던 사랑,

이제 딱딱한 티눈이 되어 나를 아프게 하네요.

나 어쩌죠.

아픔이 지나간 자리에 보일 듯 반듯한 딱지만 남을 줄 알았는데.

밀어낼 수 없을 만큼 뼛속 깊이 들어가 굳어 버렸잖아요.

갇혀서만 살아온 탓인지 다시 또 아플까봐 두렵고 무서워요.

제발 한입 베어 물다 맛이 없어 버리는 과일 같은 사랑이 아니었으면 해요.

이젠 내 키보다 더 높이 자란 슬픈 내 사랑이기에 감출 수도 없잖아요.
어제는 당신에게서 흐리고 바람 부는 그리움만 안고 돌아왔어요.
어쩌면 당신은 빨리 미끄러져 도망가는 한겨울 자동차일지도 모르고
난 당신이 지나간 자리에서 꼼짝 않고 누워 있는,
느리게 녹아내리는 키 작은 눈사람인지도 모른다는 생각이 들었어요.
그래서 아픈 거죠. 나 어쩌죠?

다시 바람이 붑니다 5

내려놓지 못한 그리움을 안고
클래식한 자태로 걷고 있는 그대를 바라봅니다.
애써 인연의 자음과 모음을 이어가며
말라붙은 보고픔을 달래봅니다.
수십 년 기다리며 흔들리다가 비틀거리다가
황록색의 용설란으로 피어난 사랑,
결국, 그대 발치에 쓰러지고.
익숙했던 그리움의 붉은 옷을 입는 일
편안했던 기다림의 블루 옷을 입는 일
그 모두가 행복이었습니다.
다시 새 이름표가 달린 옷을 갈아입는 일이 두렵습니다.
그대와의 인연의 끈이 여기까지입니까.
소리 없이 눈물이 흐릅니다.
시니컬한 웃음을 남기며 떠나는 그대 맘을 헤아리듯

쇼팽의 이별 곡이 흐릅니다.

가만히 떨어지는 은행잎을 바라보며

남몰래 누군가 등 뒤에서 울고 있습니다.

눈썹이 자라듯

주름이 늘어가듯

그리움도 자라다가 늙나 봅니다.

하지만–

보고 또 보아도

다시 또 보고 싶다던 그대의 말처럼

난 늘 그대 그림자 속에서 살고 있습니다.

미안하지만 너무 미안하지만

여전히 나도 그대가 그립습니다.

다시 바람이 붑니다 6

부처님 오신 날 쌍계사에 갔습니다.

부처님의 자비로운 손길에 기대어 더 이상의 욕심을 내려놓고

살아가는 동안 아프지 않기를 기도했습니다.

생각해보니 지금까지 살면서 기쁨보다는 슬픔이 많았고

쉬운 일 보다는 어려운 일이 더 많은 것 같습니다.

기쁨에서 슬픔으로 넘어가는 삶의 마디가 고통스러웠지만.

그래도 살면서 가장 힘들었던 병이라면

치명적인 갈증으로 찾아온 단 하나의 사랑이었습니다.

아직도 난 그 열병의 중심에 서 있는 것 같습니다.

오늘따라 빗속을 뚫고 나오는 죽비 소리가 심장을 후벼 팝니다.

부처님 오신 날에 후드득 굵은 빗방울 떨어집니다.

산사 마당에 고인 그리움의 물줄기가 강을 이룰 것 같습니다.

죽도록 사랑하고도 외로운 것은 붉은 가슴으로 우는 내 영혼이

당신 심장에 닿지 못해서 그런가 봅니다.

오늘은 갈대처럼 나약한 내가 대나무처럼 강인한 당신이 되고 싶습니다.

어쩌면 평생을 눈물을 안고 사는 고비 사막의 낙타처럼…….

난 눈물에서 기쁨, 슬픔, 행복, 불행을 느껴야 하는 슬픈 운명을 타고났나 봅니다.

남은 삶의 마디에서는 힘들지 않고 더 이상 울지 않았으면 좋겠습니다.

할 수만 있다면 울고 싶어도 울 수 없는 황새가 되고 싶습니다.

어떤 때는 단 하루 꽃을 피우고 사라지는 호텔펠리니아가 되고 싶습니다.

그저 미친 듯이 일을, 사람을, 세상을 사랑하다가 떠나고 싶을 때 떠나는 사람이고 싶습니다.

버리고 비우며 단지 나를 위로하고 다스리기 위해 찾아온 산사,

부처님 오신 날 쌍계사에서 더 깊어진 치명적인 그리움을 안고 갑니다.

아마도 홀로 있는 당신만큼 나도 외로운가 봅니다. 오늘은…….

다시 바람이 붑니다 7

당신이 남긴 한 줄 메시지로 하루 종일 마음이 가늘게 흔들리네요.
고통의 껍질을 벗기고 나니 그리움의 속살이 하얀 얼굴을 내미네요.
당신은 웃지만 당신 웃음 뒤에 우는 나를 봅니다.
진회색 구름이 세상을 뒤덮은 오늘, 하늘도 내 마음처럼 무거운 것 같아요.
텅 빈 도심의 아스팔트 위에는 지친 어둠이 소리 없이 내려앉습니다.
집으로 달려가는 바람의 거친 호흡소리도 들립니다.
사랑의 시작은 느낌으로 오는 건가요.
그래서 사랑은 말없이 다가와
어느 순간 포유동물이 사랑 방정식을 풀어 가는 것처럼
부비다가 밀치다가 그렇게 밀고 당기는 건가요.
끌림과 당김의 시작, 바로 이런 것이 사랑이군요.
당신이 남긴 한 줄의 메시지에 갇혀 버린 오늘,
또 다른 사랑의 잉태를 느끼며
모니터에 박힌 끌림의 작은 글자는 내 오장육부까지 묶어 버리네요.

종일 당신 곁에 서성이던 마음,

이럴까 저럴까 망설이다가 용기가 없어 발길을 돌립니다.

손을 내밀어도 잡아주지 않을까 싶어 한참을 서성이다가 뒤돌아 갑니다.

태어나지도 못한 외사랑, 입안에 가둔 채로

혀끝으로 나 혼자서 중심 잃은 슬픔을 핥으며 긴 하루를 보냅니다.

당신이라는 사람은 여전히 멀리서만 바라보아야 할 그리운 섬인가요.

다시 바람이 붑니다 8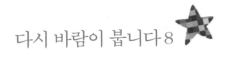

빈 센트 고흐를 생각하며 태백에 있는 해바라기 꽃밭에 갔습니다.

죽은 사람도 밤이 되면 자기 집을 기웃거린다는데.

당신을 향한 내 사랑도 그럴 것입니다.

가을바람은 해바라기 숲의 진한 수액에 취한 듯

전신을 해바라기 꽃에 몸을 뉘었습니다.

취하도록 마시고 취하도록 느끼고 취하도록 흐느꼈습니다.

태양빛 아래에서…….

노란 얼굴을 드러내며 환히 웃는 해바라기 숲에서 놀았습니다.

빛을 뿜을 때까지만 허락한 사랑.

태양을, 태양만을 사랑한 해바라기와 술래잡기를 하면서 놀았습니다.

석양빛으로 옷을 갈아입은 저물어가는 태양을 보며

해바라기 사랑만을 고집하는 나를 위로하며 또 이렇게 하루를 살았습니다.

당신 생각을 하며 하루를 살았습니다.

내가 빠져든 그곳

결국 당신은 나만의 섬이 되었습니다.

당신 몸 안에서 물고기가 되어 헤엄치고 싶었고,

당신 몸 안에서 지리산 산골 산양처럼 뛰어놀고 싶었습니다.

얼마의 시간이 흘러야 그렇게 될 수 있을지

늘 기다림에 기다림을 먹고 또 먹으며 아픔을 그리움으로 지워가며 살았습니다.

결국 당신은 내가 쉴 가장 넉넉한 품이라는 것을 이제야 알았습니다.

늘 마음속에 말없음표만 안고 살았지만

결국 당신 앞에 이렇게 주저앉고 말았습니다.

혼자 떠나온 낯선 여행지에서도 당신을 생각하며

진달래 꽃물처럼 당신 취향대로 서서히 물들기 시작하였습니다.

당신에게서만은 몸과 마음이 낮게 내려앉고

사랑의 질서를 지나는 샛강처럼 작아지기만 합니다.

섬진강 자락에 허리를 굽혀 여윈 마음 씻고 또 씻어보지만
붉게 물든 마음은 여전히 그대로였습니다.
당신이라는 앵글에 맞춰져 오랫동안 살아서인지
당신은 내 작은 동공 속으로 들어와 결국 내 안의 주인이 되었습니다.
수만리 떨어진 사람이라 생각했던 당신,
지금 봄과 함께 당신이 내 곁에 있습니다.
붉게 물든 한 송이 꽃 심장에 피었습니다.
눈이 내려놓지 못한, 입이 뱉지 못한 말들을 다 쏟아가며
이젠 심장에 금이 가도록 숨막히는 사랑을 당신과 함께 하고 싶습니다.

당신을 사랑한 내가 싫어 나를 버리고 싶은 오늘,

하늘도 슬퍼 눈물을 흘리네요.

투명한 와인 잔에 아픔의 눈물이 쏟아지네요.

베리 향이 그윽한 칠레산 까베르네 쇼비뇽, 혼자서 따르고 혼자서 마시네요.

나를 미친 그리움으로 물들게 만든 단 한사람,

당신을 향한 사랑의 파티션 이렇게 접어야 하나요?

언제인가 내게로 향한 연(緣) 하나를 조심스럽게 잡아 당겼는데

그것이 당신과의 첫 인연이었어요.

수년을 당겼다 늦췄다, 풀었다 조였다 하며 간직한 사랑인데

이제 어찌해야 하나요.

그동안 서로에게 꽁꽁 묶어 두었던 사랑의 인연들.

슬픔과 기쁨, 행복과 불행, 아픔과 고통, 열정과 냉정, 그 모두를 풀어야 하나요.

사랑에도 영혼이 있다면 나를 사랑한 당신의 영혼만이라도 꽁꽁 묶어 두고

싶은데요.

사랑이라는 것은 함께할 때는 존재하지만 함께 하지 않을 때는 실체가 없는 과거라는 것을,

당신 떠난 오늘에야 비로소 알게 되었어요.

당신과 함께할 때는 당신이 나에게 무엇인지도 몰랐는데

당신 떠난 지금에야 당신이라는 사람이 세상에서 가장 소중한 사람이라는 것을 알게 되었어요.

이 밤 멀리서 들려오는 소쩍새 울음소리에 어쩌면 당신도 나를 그리워할 거란 생각을 했어요.

오늘 난, 레드 와인 병을 안고 내 사랑의 풍랑이 아무리 아프고 힘들더라도 당신 사랑 하나로 버티며 당신과 함께 했던 짧은 추억 속으로 마지막 여행을 떠나요.

당신에게로 가는 역, 마지막이 될지도 모르지만 오늘은

당신과의 기억 속으로 들어가 추억이라는 수액을 와인에 섞어 취하도록 마실래요.

너무 오래도록 당신에게 취해버린 나 더 이상 사랑이란 이름으로

당신에게 나를 보낼 수 없음을 눈물로 토해내며 당신에게 도착하고 싶었던 마지막 사랑,

당신과의 아름다웠던 인연(因緣)의 파티션 이젠 접을게요.

사랑이여, 그리움이여, 잘 가세요.

당신을 사랑해서 당신을 아프게 해서 정말 미안해요.

그래요, 사랑은 외로운 길이겠지요.

완전히 행복한 사랑.

그런 게 있을 수 있을까요.

오늘 암흑 속에서도 핏빛 수맥을 찾아 뿌리를 내리는 나무처럼.

당신이라는 수맥을 후각으로 더듬으며 찾아갑니다.

사랑은 깊어 갈수록 외로움도 짙어지는 병인가 봅니다.

젖은 손으로 가슴을 더듬어 봅니다.

시릴 만큼 차갑다는 느낌이 현재 내 사랑의 온도입니다.

잊으려 했습니다.

당신을 향해 흐드러지게 물든 핑크빛 시간들을 강물에 띄우려 했습니다.

강물에 띄우면 떠날 줄 알았습니다.

다아 떠나보내고 핑크빛 줄무늬의 당신 그림자,

그 빛깔, 그 향기만을 내 가슴에 담으려고 했습니다.

하지만 내 머리부터 발끝까지

곳곳에 덕지덕지 붙은 당신의 흔적을 떠나보내지는 못했습니다.

나도 모르게 내 몸 중심부인 심장 안으로 하나둘 고여 들기 시작했으니까요.

행여 고여든 사랑이 썩지나 않을까, 죽지나 않을까 하고 바라만 보았으니까요.

당신 떠나고 그렇게 오랜 시간을 먹먹한 가슴으로 보냈습니다.

잊힐 줄 알았고, 잊은 줄 알았지만 다시 찾아온 이 봄,

흐드러지게 핀 진달래꽃을 보며 또다시 내 마음은 그리움에 물들고 말았으니까요.

사랑이 무엇이기에 소리 없이 파고들어 그리움을 수놓는지 모르겠어요.

당신에게는 더 이상 자라지 않는, 말라버린 사랑의 풀일지 모르지만 당신을 향한 내 마음,

그건, 그때나 지금이나 진정한 사랑일진데...당신은 아시나요.

당신 듣고 있는 거죠?

하늘에서 유성이 떨어진 그날

그리움의 조각들이 빗방울이 되어 후드득 한꺼번에 쏟아져 나왔습니다.

어쩌자고 온몸으로 안아 전신이 상처투성이가 된 백일홍은 밤새도록 우는
지…….

오래오래 사랑하겠노라 외치던 맹세는 어디로 가버렸는지…….

고운 시선을 받은 라일락꽃은 웃으며 바람에 찰랑거립니다.

이제는 다 잊겠노라며 마음에 금을 긋고 플랫폼에서 당신을 보내고 돌아오
는 길

슬프게도 명동 빌딩 숲에는 무지개 꽃이 피었습니다.

한쪽으로만 치우친 사랑,

사랑에도 마디가 있어 마디에서 마디로 넘어갈 때 너무 아파 결국 그것이
병이 되었나 봅니다.

시들어도 아니 되고 꽃으로 피어서는 더욱 아니 되는 서러운 사랑,

그게 내 몫의 사랑인가 봅니다.

문을 사이에 두고 당신은 문 밖에서 울고 있고 나는 문 안에서 서러운 몸짓으로 춤을 춥니다.

그저 바라만 보아도 아픔이었나 봅니다.

한 손은 잡으려고 애태우고 한 손은 놓아 주려고 발버둥치며…….

내 인연의 끈은 서로의 눈치를 보며 이기적인 줄다리기를 하고 있습니다.

하늘에는 안단테…안단테…하면서 메마른 허공을 향해 비둘기 한 마리 날아오르고

돌아갈 곳이 없어 길 위를 서성이는 길고양이도 보입니다.

늦은 밤 들려오는 별의 흐느낌은 여전히 슬프기만 합니다.

빈 몸으로 바람에 흔들리는 민들레는 순결한 홀씨를 그 누군가를 향해 던지고 있습니다.

혼자서 몰래 슬픈 사랑 한 모금 와인에 섞어 마십니다.

지독하게 취해버린 사랑, 아무리 생각해봐도 더 이상 갈 곳이 없습니다.

당신을 위한 슬픈 아리아, 이제는 끝이랍니까.

못다 한 노랫말이 뚝뚝 굵은 눈물이 되어 술잔에 떨어집니다.

당신에게로 가는 역(驛), 들어가는 입구가 여전히 닫혀 있습니다.

당신을 향한 방 한 칸의 겨울 사랑을 어찌해야 합니까.

그리움을 물어다 놓은 애벌레는 해독할 수 없는 메시지만 남기고

허물 벗는 나비가 되어 이름 모를 꽃잎 하나 입에 물고 어디론가로 훨훨 날아가 버렸습니다.

내게로 온 사랑… 한 번 안아보지도 못한 채 오래도록 아픔으로 남았습니다.

결국 오늘도 나 혼자서 불투명한 그리움을 껴안으며 외로운 꿈을 꿉니다.

당신에게로 가는 역, 언제쯤 다시 들어갈 수 있을런지요.

늦은 밤 커피하우스에서 흘러나오는

슈베르트의 세레나데는 날선 메스가 되어 내 심장을 스치고 지나가네요.

흔들리며 쓰러지는 지난 가을에 읽다만 베르테르의 편지는 바람 타고 다시 내게로 왔어요.

밀려왔다 쓸려가는 당신의 얼굴이 떠올라 종일 뒤척였어요.

미완의 사랑이 가을 홍시처럼 발갛게 익어 하늘에 걸렸어요.

어쩌면 난 사랑에 있어서는 유미주의자인지도 모르겠어요.

당신을 위해 노래를 하고 싶었고, 당신을 위해 그림을 그리고 싶었고,

오로지 당신을 위해 시를 쓰고 싶었으니까요.

하지만 당신을 가까이에 두고서도 사랑할 수 없는 사람이라기에 무작정 바라만 보았어요.

결국 바라보는 것도 죄가 될 것 같아 결국 당신 집 베란다 앞에 미친 그리움을 내려놓고 왔어요.

그리고 다시 찾아온 이 계절, 바람은 당신의 흔적을 내가 사는 이곳까지 옮

거다 놓았어요.

내 끝없는 기다림을 바람도 안 것일까요. 바람도 당신이 그립다고 하네요.

보고픔을 참느라 하얗게 부풀어 오른 삭제할 수 없었던 당신의 문자메시지가 눈에 아른거려요.

〈미안해요, 당신을 내려놓아서……〉

더 이상 울지 않으려고 망각의 길을 찾았던 그해 겨울은 날선 바람만큼이나 참 추웠어요.

마셔버린 빈 술잔처럼 당신을 향한 사랑도 그리움도

한 잔의 술을 마시듯 비울 수 있다면 얼마나 좋을까요.

고온다습한 보고픔은 피할 수 없는 허리케인이 되어 여전히 내게로 오고 있어요.

당신 눈동자 들여다볼수록, 당신 목소리 들으면 들을수록,

문득문득 갖고 싶다는 생각을 했는데

그것이 죄가 될까 두려워 마음은 안 되는데 하면서도

여전히 당신에게로 가는 길을 만들고 있어요.

오랜 목마름의 민낯에 생수 같은 당신의 편안한 호흡 소리를 들을 수만 있다면

그래서 당신과 잠시 만이라도 아픔을 내려놓고 웃을 수 있다면 좋겠어요.

당신에게 가는 길

분별없는 사랑이라 힘들고 아프겠지만

행복한 천국이라 생각하기에 기꺼이 당신에게로 가고 싶어요.

단 한번 목숨만큼 간절했던 당신과의 만남

비록 얼음처럼 찬 미소를 안았지만

여전히 당신은 사랑의 부재를 알리는 칼바람 소리만 내지만

짙어지고 깊어지기만 한 불구가 된 내 사랑.

이루지 못한 미완의 사랑이 두 줄기 철길을 따라 수액 마른 낙엽처럼 나뒹구네요.

한 방향으로 그리움을 토해내는 미친 취객이 되고 있는 나,

못 견디게 좋은 당신, 당신은 나에게 여전히 너무 먼 그대인가요.

다시 바람이 붑니다 14

쇼팽의 즉흥환상곡을 들으며 까베르네 쇼비뇽을 조금 마셨어요.

떠나가는 어제의 아픔은 나이프로 내 심장을 찌르며 고통의 붉은 핏망울을 뚝뚝 떨어지게 만드네요.

함께한 슬픔의 엑기스들이 레드 와인과 함께 목덜미를 타고 심장까지 닿았을 때 나는 느꼈지요.

죽음으로 떠나가는 절절한 그리움들이 나를 울리고 있다는 것을.

나르시시스트도 아닌 내가, 왜 오늘, 아무도 모르게 아픈 기억들을 빈 방에 모셔두고 눈물로 울먹이는지…….

아직도 그 이유를 정확히 알 수는 없지만 레드 와인 잔 속으로 칠흑 같은 어둠이 무덤처럼 깊어 가는 이 밤,

이유 없이 홍대 앞 피카소거리에서 만난 연인들의 이별의 scene이 서럽게 다가오네요.

오늘은 아주 오래전 이별의 그 어느 날처럼 내 마음에 주름이 생기는 날인가 봐요.

그래도 쇼팽의 음악을 들으면 구겨진 마음이 조금은 펴지는 듯하네요.

mp3로 듣는 음악은 새것이라 작동이 빨라서 좋고 백번도 더 들어 지직대는 CD는 느려서 싫지만

그래도 오늘같이 사랑의 아픔으로 물든 날은 오디오세트에 낡은 CD를 넣어 듣는 것도 나쁘지 않았어요.

슬픔과 아픔이 만나는 오늘 같은 날에는 홀로 이 곡을 들으며 마음속을 비우지요.

비워야 다시 채울 그 무언가가 있다는 것을 알기에…….

쇼팽에 취하며 레드 와인 반 잔에 지나온 시간을 맡긴 오늘이지만

덕분에 그 무엇 때문에 죽을 만큼 견디기 힘든 시간도 잘 견디어 주었어요.

오늘 내가 음악을 들으며 내 안의 당신을 불러 만날 수 있다는 것, 그것이 가장 큰 선물이고 행복이니까요.

미안해하지 마세요. 같은 하늘 아래에서 같은 공기 마시면서 숨쉬는 것도 난 행복하니까요.

당신이 내게 흘린 그 무엇 때문에 나 지금 눈물겹도록 행복하니까요.

작은 바람이 있다면 만약에 그 어느 따뜻한 봄날이 내게 온다면,

쇼팽을 좋아하는 나를 위해 음악회에 같이 가 말없는 당신이 말을 걸어 주면 좋겠어요.

Do you like Chopin? I like Chopin 이라고…….

다시 바람이 붑니다 15

당신과의 인연, 길을 가다가 소나기를 만나듯 시작 되었어요.

빨간불 앞에 서서 푸른 신호등을 기다리다가 우연히 당신을 만났고.

잠시 같은 곳을 바라보며 같은 생각을 하다가

결국, 사랑이라는 이름의 감기에 걸려 버렸으니까요.

얼마 후 소나기는 그쳤고 신호등이 바뀌고 당신은 당신에게로 난 길을 가야하고

난 나에게로 난 길을 따라 가야 하니까요.

아주 잠시 영원할 수 있다면 좋겠다고 생각한 당신과의 인연

하늘도 허락한 사랑이라면 얼마나 좋을까 하고.

작은 바람이라면 당신의 숨은 그림자가 되어 살고 싶었어요.

그런데 우연히 당신의 눈물을 보았고 그 눈물이 나의 길을 바꾸어 놓았어요.

더 많이 힘들기 전에 놓아 드리기로 했어요.

당신이 아프면 안 되니까요.

내 목숨만큼 사랑하는 당신이니까요.

사랑이라는 이름으로 내게 기쁨을 안겨주던 사람,

아주 가끔은 아픔이란 이름으로 다가오던 당신이었지만.

당신과의 사랑의 이중주는 아름다웠고 행복했어요.

그 이상의 행복이 없을 만큼 참 따뜻했으니까요.

붉은 장미와 옥수수를 익히는 여름 햇살처럼

소리 없이 찾아와 오래도록 문밖에 서 있는 당신을 이제는 어찌해야 하나요.

하지만 이제는 사랑하기 때문에 보내노라는 그 누구의 말처럼,

억지로 이유 있는 변명을 만들어가며 당신을 보내기로 했어요.

언제인가 시간이 흐르고 삶에 익숙해지면 당신을 잊을 날이 있겠지요.

아픔도 익숙해지면 담담해질 테니까요.

먼 훗날 사랑을 추억하다가 당신의 이름이 떠오르면 그때는 말할게요.

사랑했지만 보낼 수밖에 없었다고.

더 이상 눈물 없이 당신을 부를 수 있을지.

사랑은 왜 이토록 순식간이며 추억은 왜 이토록 오래도록 아픔인지.

당신을 보내기 싫다고 나 혼자서 허공에 대고 외쳐 보네요.

당신, 결국 설렘으로 다가와 내 심장에 눈물 꽃 한 송이 피우고 가네요.

가슴 한켠이 시려오네요.

잊겠다는 약속은 시간 앞에 저장해 둘게요. 세월 앞에 묶어 둘게요.

눈물이 말라 더 이상 울 수 없는 날이 오면

그때서야 물 흐르듯이 담담히 당신에게 말할게요.

〈I really love you〉 라고.

당신에게로 향하는 사랑의 이정표, 가슴에 담을게요.

더 이상 사랑이라는 이름으로 당신을 부르지 않을게요.

더 이상 그리움의 이름으로 흔들리지 않을게요.

그냥 바람 편에 안부를 물을게요.

젖은 노트에 그리움을 담을게요.

이제 나 때문에 흔들리지 마시라고.

나 때문에 눈물 흘리지 마시라고 당신 편안하시라고.

마지막 인사를 여름비에 실어 보냅니다.

다시 바람이 붑니다 16

템스 강을 건너 이곳까지 날아온 안개가 세상을 뒤덮은 오늘
그대 오신다 해서 새벽부터 서서 마중을 했습니다.
저만치 그대가 보일 것 같아 긴 목을 내밀며 하루를 모딜리아니로 살았습니다.
창가에 오래도록 기댄 채로 서성이는 잘 익은 그리움 하나
사랑 비에 젖은 몸으로 종일 창가를 서성거렸습니다.
노랗게 개나리꽃 피던, 사랑을 재촉하던 그 어느 봄날, 메마른 입술에 닿은
첫 키스는 기억으로 숨어버린 유혹의 향까지도 기억하게 했습니다.
다시 찾아온 4월… 진한 떨림으로 그대와 난 다시 눈맞춤을 합니다.
여전히 멀고 가까움 높고 낮음이 분명하지 않은,
서투른 사랑 법에 익숙한 그대와 나이지만 마중하는 길은 한 곳이었습니다.
오늘 그대 오신다 하여 내게 오시는 길 지치지나 않을까.
내게 오시는 길 힘들지나 않을까.
몸과 마음이 번갈아 가며 창가를 서성거렸습니다.

목젖까지 차오르는 그리움 결국, 봇물 터진 둑이 되어 흐르고 말았습니다.

사랑의 유혹이 그리운 오늘,

댓잎에 걸린 여린 이슬방울이 되어 힘없이 그대에게 스며들고 싶습니다.

암스테르담을 누비던 스피노자처럼 내일 지구가 사라진다해도

난, 오늘 그대를 위해 사랑 나무 한 그루 심고 싶습니다.

다시, 바람이 붑니다. 그날처럼… 가빠지는 삶의 호흡 소리… 세포 속까지 파고듭니다.

뼛속까지 베어든 통증에 취하다가 깨어나다가 깊은 밤 FM 라디오에서 흘러나오는 인디언 집시 음악에 심장을 베이고 말았습니다.

쉼 없이 달려간 사랑의 여로… 가끔은 방향을 잃은 철새가 되어 낯선 길을 향해 낯을 가리기도 하지만 늘 그 길 위에서 그대를 마중합니다.

이유 없이 제시간에 도착하지 않는 사랑 때문에 밤새도록 치명적인 그리움에 기대어 울기도 했습니다.

가끔은 꽃피지 않은 연밥처럼 그대를 사랑하면서도 그대를 곁에 두고서도 난 늘 외로움에 시달렸습니다.

한겨울 빈 들판에 서 있는 한쪽으로만 휘어진 나목처럼 오래도록 그대에게 기대지만 등이 휘어진 사랑 때문에 아팠습니다.

길은 많은데 정작 나의 길을 찾지 못하는 보헤미안처럼 가고 또 가도 길 위를 걷고 또 걸어도

똑같은 길 위에서도 헤매다 목숨이 되어버린 내 사랑

아무리 사랑하여도 단 한 번은 헤어져야 하는 사람의 운명

그 때가 올까 두렵지만

난 여전히 그 사랑이 목마르고 그립습니다.

지금도 그대가 머무는 곳을 향해 다시, 바람이 붑니다.

영하의 기온마저 추억을 그립게 합니다.

젊은 날의 안부가 그리운 날,

설익은 사랑은 저혼자 외롭게 자라다 끝내 고드름이 되어 버렸습니다.

영하의 추위에 얼어버린 그리움은 늘 그 자리에서 고드름이 되어 당신을 기다립니다.

집 앞에 세워둔 기다림의 소나무 한 그루가 추위에 떨고 있습니다.

서랍 안에 갇힌 채로 울고 있는 당신이 선물한 추억들이 눈시울을 적십니다.

어쩌면 따뜻한 봄을 기다리고 있는지도 모르겠습니다.

따뜻한 국화차를 마음으로 건네 보지만 당신은 여전히 대답이 없습니다.

그 옛날에 당신이 남긴 마지막 눈물의 키스는 나를 진한 그리움으로 붉게 물들입니다.

사랑은 아름답지만 결혼은 미친 짓이라던 당신의 마지막 눈물의 고백이 귓가에 맴돕니다.

비우려 했지만 비우지 못한 당신을 향한 그리움의 그라데이션이 여전히 많습니다.

끝이 보이지 않는 침묵으로 흔들리는 모습

그리고 기억 속의 추억은 저 혼자서 봄꽃 피듯 피었다가 집니다.

봄이면 흐드러지게 핀 벚꽃 향을 맡으며 워커힐 산책로를 나란히 걷던 때가 생각이 나고…….

서랍 속에 가득한 당신이 남긴 흔적

나를 아프게 했던 추억까지도 비가 오고 바람이 불면 더욱 그리워집니다.

식어버린 찻잔에 얼룩진 분홍빛 립스틱의 흔적은 당신이라는 비밀의 정원으로 나를 이끕니다.

아무도 몰래 자물쇠를 풀고 들어가 잠시 머물렀던 당신의 푸른 정원은 여전히 따뜻하고 편안했습니다.

그립고 또 그리운 당신,

오늘은 당신이 좋아하던 베토벤의 운명 교향곡을 들으며 블루마운틴 커피를 천천히 내립니다.

다시 바람이 붑니다 18

잊으라 했기에 그래서 당신을 잊으려 시간아 흘러라 빨리 흘러라 그랬지요.

겨울이 가고 봄이 오듯이 그렇게 흘러가면 잊힐 줄 알았지요.

그런데 시간마저 당신을 놓아주지 않더이다.

사무치도록 그리워 가슴에 담았던 당신 이름 세 글자.

몰래 꺼내기도 전에 눈물 먼저 흐르더이다.

당신 떠나고 간신히 잊는 법, 용서하는 법을 배우기 시작했는데,

다시 찾아온 계절은 누군가 몰래 맡기고 간 베르테르의 편지를 안겨 주더이다.

당신을 사랑하던 봄, 지운 줄 알았던 당신의 흔적은 곳곳에 문신처럼 박혀 있더이다.

잊으라 해서 그래서 잊힐 줄 알았던 당신을 향한 에로티시즘.

다시 찾아온 봄과 함께 바이러스처럼 전신으로 번져 나가더이다.

치명적인 러브 칸타타

가늘게 떨리듯 호흡하는 그 목소리가 아직도 익숙한데 나 어찌해야 합니까.

때로는 달처럼,
때로는 별처럼

2013년 12월 9일 초판 인쇄
2013년 12월 16일 초판 발행

지은이 김정한
펴낸이 임종관
펴낸곳 미래북
디자인 페이퍼마임
편 집 정광희
신고번호 제302-2003-000326호
본 사 서울특별시 용산구 효창동 5-421호
영업부 경기도 고양시 덕양구 화정동 965 한화오벨리스크 1901호
전 화 02-738-1227
팩 스 02-738-1228
이메일 miraebook@hotmail.com
ⓒ김정한

ISBN 978-89-92289-59-7 03810